Gunnar Lou Schmitt

Die Seele des Regentropfens

Ausgewählte Prosatexte

Alle Rechte liegen bei dem Autor.
Die textliche Gestaltung erfolgte durch den Autor.

Alle Rechte der Verbreitung, auch durch Funk, Fernsehen, fotomechanische Wiedergabe, Tonträger jeder Art, auszugsweisen Nachdruck und auf digitalem Wege sind vorbehalten.

© 2014 Gunnar Lou Schmitt
2.Auflage

www.gunnar-lou-schmitt.jimdo.com

Herstellung und Verlag:
BoD – Books on Demand, Norderstedt
ISBN: 9783735751287

Toni mitten im Leben

Eine Taxifahrt

Toni wurde in einem Taxi gefunden. Schon eine ganze Weile hatte der Fahrer im Rückspiegel seine beiden Fahrgäste studiert, wie es seine Art war, denn dies verlieh ihm normalerweise ein Gefühl der Sicherheit. Dabei fiel ihm der Junge dadurch auf, dass er nichts, gar nichts tat, sondern einfach nur dort auf dem Rücksitz saß. Bei der zweiten Person handelte es sich um einen völlig betrunkenen Mann mittleren Alters, um einen Fahrgast jener Art und in jenem Zustande, bei dem man sich glücklich schätzt, wenn er bald wieder aussteigt – möglichst ohne anschließend eine Grundreinigung des Innenraumes vornehmen lassen zu müssen.

Was außerdem noch ins Auge fiel, war die Tatsache, dass sich der Betrunkene und der Junge überhaupt nichts zu sagen, offensichtlich keinerlei Beziehung zueinander hatten, sich vielleicht noch nicht einmal kannten. Nachdem der Taxifahrer dieses ungleiche Paar eine ganze Weile beobachtet hatte, entschloss er sich zu etwas, das man heute nur noch viel zu selten findet, er entschloss sich nämlich dazu, initiativ zu werden und sich einzumischen. Er fuhr zur Polizei, parkte unmittelbar vor dem Präsidium sein Fahrzeug mit den beiden seltsamen Gestalten darin und meldete den Vorfall. Nach dem gänzlich erfolglosen Versuch einer Vernehmung sowohl des Jungen als auch des Betrunkenen wurde der völlig sprach- und teilnahmslose Junge in ein Kinderheim gebracht. Ermittlungen von Polizei und Jugendbehörde führten schließlich dazu, dass man über zumindest lückenhafte Angaben verfügte, was die Person des Jungen betraf. So brachte man zum Beispiel seinen Namen in Erfahrung. Er hieß Toni, war vier Jahre alt und stammte aus der benachbarten Stadt. Über einen Vater gab es keinerlei Angaben, und bei seiner Mutter handelte es sich, milde formuliert, um die Sorte von Menschen, bei denen es schlichtweg unwichtig ist, ob sie existieren oder nicht. Alkohol und Drogen spielten zweifelsohne in ihrem Leben die Hauptrolle und irgendwann kam dann eine unbeabsichtigte Schwangerschaft dazwischen. So oder so ähnlich hatte man es sich wohl vorzustellen. Wie sie sich gegenüber ihrem Kind verhalten hatte, blieb im Wesentlichen verborgen, Misshandlungen wurden zeitweise angenommen, später jedoch ging man davon aus, dass der Junge einfach sich selbst überlassen blieb, also etwa den ganzen Tag im nahe gelegenen Wald herumstreifte und Essbares oder auch Ungenießbares sich einverleibte, sei es aus purer Langeweile, sei es aus einem Gefühl des Hungers. Niemand achtete auf sein Wohlbefinden, seine Gesundheit, niemand nahm Anteil an seiner, der für das gesamte spätere Leben doch so wichtigen soziokulturellen Geburt, also der prägenden Entwicklung in den ersten Lebensjahren eines Menschen. Toni war einfach allen egal.

Zu dem Zeitpunkt, an dem die Außenwelt auf ihn aufmerksam wurde, konnte er nicht sprechen und so gut wie gar nicht laufen. Es gab in seinem Inneren auch keinerlei Motivation zu einer Bewegung etwa von diesem Punkte zum nächsten, was man bei Kindern anfangs als „rutschen", später dann als „gehen" bezeichnet, es gab nicht den Willen, etwas zu greifen, zu begreifen oder gar zu verändern – der innere Antrieb fehlte, war einfach nicht vorhanden. Was sehr schnell auffiel, war eine gänzlich fehlende Reaktion gegenüber jeglicher Art von Schmerz, welchen sich doch jedes Kind etwa durch Verletzungen sehr leicht zufügt. Daraus wurde vom Jugendamt der Schluss gezogen, dass Toni in seinem bisherigen Leben vermutlich nicht sagen durfte, wenn ihm etwas wehtat, dass ihm Weinen als frühkindliche Bedürfnisäußerung vielleicht sogar gänzlich untersagt worden war. Wenn er also stürzte und sich dabei sein Knie aufschlug, blieb er stumm und schaute nur einfach, als wenn nichts geschehen wäre. Allein dies wirkte unnatürlich und erschreckend.

Zweite Geburt

An einem kalten Wintermorgen saß Toni im Hof eines Mietshauses auf dem Tretauto eines Nachbarjungen und man könnte sagen, dass hier an dieser Stelle Tonis Leben erneut begann. Neben ihm stand die Frau, die ihn gerade eben probeweise aus dem Heim geholt hatte und wohl von nun an seine Mutter sein würde, während der Mann, welcher von nun an sein Vater sein würde, einer täglichen Arbeit nachging, weil schließlich auch in dieser Familie jemand den Lebensunterhalt verdienen musste. Und so saß Toni warm angezogen auf dem kleinen Auto und schaute und saß und schaute. Er bewegte sich nicht und gab keinen Laut. Später sollte mal jemand über ihn äußern: „Ihm ist einfach alles egal."

Nachdem sein Bekanntheitsgrad im Laufe der Zeit bei den Leuten auf der Straße etwas zugenommen hatte, war man sich schnell einig, dass es sich hier vielleicht um zwei recht glückliche Jahre für diesen Jungen handeln könne, in denen er ausreichend ernährt, jahreszeitlich angemessen gekleidet, mit Spielzeug versehen und bestenfalls sogar ein bisschen gemocht werden würde. Es handelte sich exakt um den Zeitraum von seinem Auffinden bis zum Eintritt in die Schule, welcher in einer zivilisierten Welt zwingend ist und somit auch für Toni rücksichtslos den Ernst des Lebens mit sich bringen würde. Alles, was andere Kinder mit vier Jahren bereits gelernt hatten, stand ihm noch bevor. Die einfachsten Dinge wie Sprechen, Bewegen oder Spielen beherrschte er nicht oder doch nur sehr mäßig und all das war er nun gezwungen, so bald wie möglich nachzuholen. Da dies allerdings, wenn überhaupt, zumindest nicht so schnell machbar sein würde, ließen sich erhebliche Nachteile für den kleinen Jungen voraussahnen. Durch die

Unmöglichkeit einer Angleichung der Entwicklungsschritte an diejenigen der anderen Kinder entstanden Defizite, aufgrund derer Toni wirklich immer mindestens einen Schritt hinter den anderen herhinkte. Zwar lernte er mit der Zeit mäßig Laufen und auch das Sprechen, aber eben immer ein bisschen weniger, immer ein bisschen schlechter als andere Kinder. Wenn diese eine Sandburg kunstvoll errichtet und mit Stolz eingeweiht hatten, so berührte Toni sie durch Zufall unglücklich und brachte sie dadurch zum Einstürzen, womit er sofort den Groll der anderen auf sich zog. Wenn diese sich in Geschicklichkeitsspielen übten, konnte er nur versagen und wurde so natürlich schnell zum Außenseiter gestempelt. Eltern, die für ihre Kinder wirklich nur das Allerbeste wünschten und sich noch dazu für ganz besonders gute Erzieher hielten, versuchten nicht selten, den Kontakt ihrer Sprösslinge mit einem solchen Jungen zu unterbinden, womit sie auf überzeugende Art intellektuelle Flachheit und menschliche sowie pädagogische Unzulänglichkeit unter Beweis stellten. All dies bewirkte in Toni zunächst völlige Verständnislosigkeit. Denn natürlich hatte er keine Erklärung für das, was um ihn herum wirklich geschah beziehungsweise war er vollauf damit beschäftigt, alles Geschehen um ihn und mit ihm zunächst in seine eigenen Kategorien einzuordnen. Dass er jedoch anders als die anderen war, wurde ihm allmählich klar.

Ausbildung der Persönlichkeit

Im Grunde übrigens war Toni ein wirklich lieber Kerl, der keiner Fliege etwas zuleide tun konnte. In seiner unendlichen Harmlosigkeit und beängstigenden Gutgläubigkeit war er vielmehr kaum zu übertreffen. Jedes Mal bot es ein herzzerreißendes Bild, wenn er zu einer Gruppe anderer Kinder hinzukam, welche sich am Sandkasten gegenüber von Tonis Haus bereits in eifriges Treiben gestürzt hatten. Wenn es unter Kindern auch nicht

gerade guter Brauch ist, Neuankömmlinge höflich zu begrüßen, so verstehen es jene in der Regel doch ganz vortrefflich, innerhalb kürzester Zeit die Aufmerksamkeit auf sich zu lenken und damit den Einstieg in die Gruppe zu ermöglichen. Nicht so Toni. Er ging auf die Kinder zu und freute sich sichtlich – und damit versandeten bereits all seine Bemühungen um Anerkennung im allgemeinen Trubel, er stand nur noch hilflos am Rande der Gruppe. Allzu oft ging er kurz darauf nach Hause zurück, um dort die Art von Vertrautheit zu finden, welche er mittlerweile bei früher einmal fremden Leuten kennengelernt hatte und die ihm zumindest dort im nötigen Maße gewährt wurde. So klingelte Toni manchmal schon nach wenigen Minuten wieder an und begehrte Einlass, nachdem er kurz vorher erst mit Mühe angekleidet worden war, besonders im Winter mit seinen frostigen Temperaturen nicht immer ein leichtes Unterfangen. Und dann musste er selbstverständlich die Frage über sich ergehen lassen: „Toni, was ist denn?"
„Ich will rein!"
„Aber warum denn schon wieder?"
„Äähm, ich will rein!"
„Warum?"
„Äähm."
„Aber die anderen Kinder sind doch auch alle draußen. Ist dir denn kalt?"
„Ja!!"
Draußen konnte es auch geschehen, dass er in seinem blinden Vertrauen zu jemandem auf der Straße lief, den er gar nicht so gut kannte oder zuweilen auch noch nie in seinem Leben gesehen hatte und ihn fragte, ob er ihm denn mal den Reißverschluss an seiner Jacke zuziehen könne.

Seine mangelnde Beweglichkeit führte leider allzu häufig dazu, dass Toni hinfiel, auch des Öfteren die häusliche Treppe hinunter. Während man im Flur stand, vernahm man dann plötzlich ein plumpsendes Geräusch. Dies machte sich, als Toni mit der Zeit das Weinen endlich glaubte zulassen

zu dürfen, in einem kläglichen Wimmern bemerkbar, in das er sein ganzes Elend und sein ganzes Alleinsein zu legen schien – denn alleine und einsam war Toni im Grunde auch jetzt noch. Seine Vergangenheit war ganz und gar nicht vergangen, vielmehr durchaus präsent, was sich immer dann zeigte, wenn er zum Beispiel krank war und ihn irgendetwas schmerzte. Bei Fragen nach dem Grund gab er keine Auskunft, er sagte einfach nichts. So gab es keinerlei Möglichkeit, in Erfahrung zu bringen, was ihm und wo ihm etwas fehlte. Auch der Kinderarzt fand nahezu kein Mittel, diese Information aus ihm herauszulocken, so dass oft letzten Endes unklar blieb, ob ihm überhaupt etwas Schmerz bereitete. Selbst wenn der aus dem Orient stammende Arzt mit stoischer Geduld immer und immer wieder nachfragte:
„Na, tut es denn weh?"
Keine Reaktion.
„Warum weinst du denn? Zeig` doch mal: Wo tut es weh?"
Keinerlei Reaktion.
„Ich fühle jetzt mal an deinem Bauch. Da tut es weh? Nein? Wo denn? Dann zeig' es mir doch mal."
Toni blieb stumm und schaute unglücklich in die Gegend. Erst durch behutsames Abtasten aller für Kinderkrankheiten typischen Körperstellen gelang es oft nach viel Zeit und mit unendlicher Mühe, die Ursache für sein Leiden herauszufinden. Auf seine leibliche Mutter angesprochen, machte er sofort dicht und sagte gar nichts mehr. Lediglich seinen Opa erwähnte er ab und an. Man schloss daraus, dass er dort ebenfalls Zeit verbracht und es ihm vermutlich gefallen haben musste.

Trotz aller Schwierigkeiten: Toni lernte recht viel. Und inzwischen zeigte er auch wirklich die Bereitschaft, etwas dazuzulernen. So entwickelte er im Laufe der Zeit eine höhere Geschicklichkeit im Umgang mit Spielsachen, gar mit einfachen Werkzeugen. Bezüglich seiner Fähigkeit, bestimmte Dinge zu durchschauen, gab es des Öfteren Missverständnisse. Wenn er zum Beispiel in der Wohnung

über ihm anklingelte, um mit dem dort lebenden Kind zu spielen, pflegte er nach dem Öffnen der Wohnungstür sogleich einzutreten. Toni trug also nicht erst sein Anliegen vor, sondern marschierte wild entschlossen in des Nachbars Stube, um seinen begehrten Spielfreund zu besuchen. Äußerungen des Vaters oder der Mutter, ihr Sohn sei gerade nicht zu Hause, krank oder sonst wie unabkömmlich, wurden überhört. Häufig mussten die Gründe, aus denen ein Zusammenkommen an diesem Tage absolut nicht machbar war, daher gleich mehrfach wiederholt werden: „Hallo Toni, heute ist es nicht so gut, wir fahren gleich weg und kommen erst am Abend wieder."
„Ja!! Können wir denn spielen?"
„Nein, Toni, wir fahren gleich weg."
„Ja!! Dann komme ich später."
„Nein, wir werden erst heute Abend zurück sein."
„Ja!!"
„Also mach`s gut, Toni, und bis morgen."
„Ja!!"
Toni stand und stand in der Tür und guckte, so dass man irgendwann, zumal doch die eigene Zeit in aller Regel knapp bemessen und auch mal für andere Dinge erforderlich ist, gar nicht umhinkam, nach der soundso vielten Verabschiedung die Türe vor seiner Nase zu schließen, was dazu führte, dass er sich schließlich, nach wie vor erzählend, Fragen stellend und diese Fragen auch höchstselbst beantwortend, langsam die Treppe hinunterbewegte. Denkbar war auch folgender Dialog:
„Hallo, können wir spielen?"
„Ist gerade schlecht, Toni, wir wollen essen."
„Dann kann ich ja mitessen, ich habe auch Hunger." Dabei schaute er einen immer so an, als ob er soeben eine wirklich gute Idee vortragen würde, und darüber musste man schon wieder schmunzeln. Übrigens hatte er das kleine Wörtchen „ja" ohnehin mittlerweile ganz stark für sich gepachtet. Ein

denkbar kurz dahingeworfenes „Ja!!" war sozusagen im Augenblick sein Markenzeichen.
„Hallo Toni, wie geht`s?"
„Ja!! Bald komme ich auch in die Schule."
„Gut, Toni, da kannst du viele tolle Sachen lernen."
„Ja!!"
„Es wäre übrigens ganz schön, wenn du dein Spielzeug etwas zur Seite räumst, damit ich mit meinem Auto auf den Hof fahren kann."
„Ja!!"
Nach einem kurzen Räuspern erneut die Anfrage, etwas ausführlicher formuliert: „Toni, könntest du deine Sachen kurz zur Seite legen, ich komme sonst nicht durch."
„Ja!!" Toni schaute einen an, bewegte auch den einen oder anderen der herumliegenden Gegenstände, jedoch nicht so, dass es zum Durchfahren gereicht hätte. Also durfte man zum guten Schluss wieder mal aus dem Auto aussteigen und selber wegräumen.

Das mit den Spielsachen stellte in der Tat ein Problem dar, welches nicht selten zu Ärgernissen unter den Hausbewohnern führte, weil alle mit ihren Fahrzeugen durch die enge Einfahrt über den Hof in ihre Garagen fuhren oder besser: fahren wollten. Regelmäßig bei schönem und öfter auch bei schlechtem Wetter waren sie aber fast jedes Mal zum Aussteigen gezwungen, um irgendwelche herumliegenden Gegenstände aus dem Weg zu räumen, damit sie in die eigene Garage gelangen konnten. Bei Dunkelheit knackte und krachte es recht oft – ein sicheres Zeichen dafür, dass mal wieder irgendetwas plattgefahren worden war und hoffentlich *kein* sicheres Zeichen für einen defekten Reifen. Da man nach der Arbeit gerne mal müde und abgespannt, nicht selten auch gereizt nach Hause kommt, versetzen einen mit Spielzeug zugestellte Einfahrten oder spätabendlich geheimnisvolles Knacken im Stockdunkeln natürlich sofort in Hochstimmung. Dafür konnte Toni jedoch nichts, sondern dies war der allzu

überzeugten anthroposophischen Einstellung seiner jetzigen Mutter zu verdanken, welche herumliegenden Kram jeder Art als kreativ empfand
und somit als förderlich für Toni. Zudem erspart man sich durch eine solche Einstellung jeglichen Entsorgungsaufwand, also Arbeit.

Julian

Als wahrer Glücksfall für Toni entpuppte sich der Junge seiner Nachbarn, also eben der Junge, welcher unmittelbar über ihm wohnte und nur ein Jahr älter war als er selbst. Sein Name war Julian und es handelte sich bei ihm um ein pfiffiges Kerlchen, das alle gerne mochten und mit dem alle Kinder gerne spielten. Er war intelligent, ehrlich, verhältnismäßig gut erzogen - soweit man das von Jungen in diesem Alter behaupten kann - und zudem durch sein Elternhaus sozial eingestellt. Dies bedeutete, dass er sich Toni gegenüber immer sehr fair verhielt. Ausnahmen gab es, wenn er zum Beispiel im Kreise anderer Kinder einige Male Toni verlachte. Dafür wurde er aber sofort von seinen Eltern energisch zurechtgewiesen und schnell unterließ er solche Hänseleien, zweifellos deshalb, weil ihn insbesondere der Vater, seines Zeichens Hausmann und damit auch in erster Linie Ansprechpartner für den kleinen Sohn, unermüdlich darauf aufmerksam machte, dass man benachteiligten und schwächeren Menschen beisteht, zumal man selber jederzeit in eine solch missliche Lage geraten könne.

Von Julian jedenfalls konnte Toni vieles lernen und wollte dies offensichtlich auch. Er mochte ihn und nahm ihn als eines seiner Vorbilder. Wenn beide zusammen spielten, saßen sie im Anschluss daran mal oben, mal unten am Abendtisch und ließen sich an Essen und Trinken reichen, was ihnen nach einem anstrengenden Tage zustand.

„Iiiiiihh, Zwiebeln!" rief Julian, denn er hasste Zwiebeln wirklich.
„Magst du keine Zwiebeln?", Toni darauf.
„Nein, iiiihh Zwiebeln!"
„Ich mag auch keine Zwiebeln", konnte umgehend nur die eine Reaktion aus Tonis Munde erfolgen.
„Zwiebeln esse ich niemals", bekräftigte Julian.
„Ich mag auch keine Zwiebeln", bestätigte Toni. „Nein, Zwiebeln mag ich nicht."
Obwohl sie alles in allem recht unterschiedlich waren und Julian Toni auch deutlich überlegen, so wuchsen sie irgendwie doch gemeinsam auf und nahmen jeder an der Entwicklung des anderen auf seine Art teil. Julian hatte seine Freunde, das heißt, er hatte wie alle Kinder mit Freunden gleichsam eine Hitliste von diesen. Und in jener Hitliste belegte Toni verständlicherweise nicht den ersten Platz, aber wenn etwa der beste Freund keine Zeit hatte, klingelte Julian gänzlich ungezwungen unten an und fragte nach Toni. Welcher ja in der Regel zu Hause war. Dann liefen sie die Treppen rauf und runter, hielten sich mal in Tonis, mal in Julians Wohnung auf, wobei in nahezu allen Fällen Julian die Wahl des Aufenthaltsortes entscheidend beeinflusste, wenn nicht gar die Entscheidung vorgab. Aber das war nicht so wichtig, gespielt wurde immer und viel. Autos wurden hin- und hertransportiert, Papier geschleppt und alte Deckel oder Dosen, an sich ohne, für Kinder jedoch von unschätzbarem Wert. Es wurde in Julians Zimmer gebaut und in Tonis Zimmer gewerkelt, die beiden Freunde „bauten Buden", wie es Jungs wohl zu allen Zeiten getan haben, wozu die Kinderzimmer verdunkelt und geheimnisvoll mit Taschenlampen ausgeleuchtet wurden. Und die Dinge, welche Julian später in der Schule oder im Umgang mit anderen Kindern lernte, stellten für Toni ein unerschöpfliches Reservoir an neuen Erfahrungen und Eindrücken dar.

Entsprechend schwierig gestaltete sich die Situation dann wieder, wenn Julian einen anderen seiner Freunde zu Gast hatte. Laufen, Lachen und Schreien waren für Toni eine Etage tiefer durchaus vernehmbar und wurden auch schnell registriert. So dauerte es nicht lange, da hörte man erst seine Schritte auf der Treppe und kurz darauf sein zaghaftes Klingeln. Julians Vater ließ seinen Sohn diese Angelegenheit zu Übungszwecken gerne selber erledigen.
„Hallo Julian."
„Hallo Toni, heute geht es nicht, ich habe einen Freund zu Besuch."
„Aber dann kann ich doch mitspielen."
„Nee, äähm, wir möchten lieber alleine spielen. Vielleicht morgen wieder."
„Ja!!" Und schon lief Toni in der Wohnung umher. Daraufhin insistierte allerdings Julian: „Toni, heute geht es nicht!"
„Ja!!"
Inzwischen war auch Julians Gast hinzugekommen. Und so fragte Julian höflich: „Toni, soll ich dich nach unten bringen?"
„Nein. Ich gehe alleine."
Und wieder sah man förmlich diesen seelischen Schmerz und diese Enttäuschung, man hörte die Traurigkeit eines zeit seines Lebens benachteiligten Kindes, welchem nichts anderes übrig blieb, als sich in sein Schicksal zu ergeben. Wundervoll war dabei jedes Mal das Einfühlungsvermögen Julians, welcher immer sehr sanft, wenn auch bestimmt mit Toni umging, da dieser schließlich auch akzeptieren lernen musste, dass mal keine Zeit für ihn war. Und so beendete Julian seine Absage gerne mit den Worten: „Morgen wieder, okay?"
So bewegte sich Toni langsam aus der Wohnung und kletterte die Treppe hinunter. Wo andere Kinder seines Alters mehrere Stufen überspringen, was selbstredend nicht immer zu ihrem Besten gerät, da nahm Toni ungelenk und

mit deutlich hörbarem Stöhnen Stufe um Stufe. Zweifellos war die Lage für ihn traurig, aber auch dies musste er lernen. Und da er ganz offensichtlich auch hier nicht von unten angehalten wurde, mussten eben andere Leute ihm dies beibringen, und dabei wirkte es sich wiederum günstig aus, dass es einen Julian gab. Abgesehen davon lag ein erneutes Anklingeln innerhalb der nächsten zehn Minuten durchaus im Bereich des Möglichen.

Schulzeit

Immer häufiger redeten bald die anderen Jungs über die Schule und den bereits im ersten Jahr als äußerst drückend empfundenen Schulalltag. Es wurden Bücher angeschafft sowie Schreibhefte und Stifte in allen erdenklichen Farben, was in der Summe dazu führte, dass die Straße bis weit in die Nachmittagsstunden hinein oft verdächtig leer und ruhig blieb. Natürlich nur, um anschließend bis zum Abend umso lauter bevölkert und unsicher gemacht zu werden.

Auch Toni wurde mehr und mehr mit Ereignissen rund um die Schule konfrontiert, etwa wenn Freund Julian frisch eingeschult und mit viel zu großem, buntem Tornister auf seinem Rücken würdig den Hof durchschritt. Schnellstens war Toni ebenfalls eine Schultasche versprochen worden, wenn auch für die erst ein Jahr darauf erfolgende Einschulung. Dies erwähnte er Julian gegenüber regelmäßig mit Stolz erfüllt und fragte nun weiterdenkend nach der Anzahl von Julians Heften.

„Hallo Julian!"
„Hallo Toni!"
„Ich habe auch schon eine Schultasche."
„Aha."
„Hast du auch schon Hefte?"
„Klar habe ich die."
„Wie viele Hefte hast du denn?"
„Ein rotes, ein grünes, ähm, ein gelbes..."

Eine Beantwortung dieser Frage schien wiederum für Julian nicht so ohne weiteres möglich, womit die Unterhaltung im Prinzip beendet war oder aber in ein anderes, ungezwungeneres Thema übergeleitet wurde.

Oben im Kinderzimmer Julians, welches allmählich durch die sich ständig verändernde Einrichtung und manche Umdekorierung zum Jugendzimmer wurde, fand man beide immer häufiger am neu angeschafften Schreibtisch sitzend, wo sie intensiv mit Bastel-, Schreib- oder Malarbeiten beschäftigt waren. Wie in den meisten Fällen gab Julian Anweisung.

„Hier, Toni, das habe ich gerade geschnitten und du legst das jetzt immer auf den Stapel, auch die ganzen anderen Sachen, die ich jetzt noch schneide."

„Ja!!"

„Nein, Toni, hier drauf."

„Ja!!"

„Dann male ich die Zettel blau und die hier rot und gebe dir die auch."

„Ja!!"

Zur allgemeinen Arbeitserleichterung sang Julian fröhlich vor sich hin. Er hatte keine Geschwister und niemals Lust, alleine zu spielen, weil er von klein an in seiner Kindertagesstätte ein volles, eben tagesfüllendes Programm gewohnt und daheim keinesfalls bereit war, auf solchen Luxus zu verzichten. So bedeutete es für ihn eine grundsätzliche Verbesserung seiner Lebensqualität, wenn überhaupt jemand Gesellschaft leistete und erst recht, wenn er mit diesem dann auch noch kooperieren, sein Harmoniebedürfnis absichern konnte. Mit Toni gemeinsam war dies zweifellos möglich.

„Toni, ich gebe dir jetzt gelbe Zettel."

„Ja!!"

„Kannst du die hier schon mal rot malen?"

„Nein, das kann ich erst, wenn ich in die Schule komme." Bei diesen Worten schaute Toni Julian leicht verunsichert, jedoch durchaus hoffnungsvoll in die Augen.

So verliefen die kindlichen Unterhaltungen, so vergingen die Tage, Wochen und Jahreszeiten, bis endlich auch für Toni der ersehnte Tag nahte. Mit Schultüte und Schultasche beladen, stolzierte nun auch er mit seinen neuen Eltern zur nahegelegenen Kirche, wo für alle frisch einzuschulenden Kinder ein Treffen stattfand. Nach vorbereitender Diskussion hatten die Eltern sich darauf geeinigt hinzugehen, weil alle anderen Kinder dort sein würden und Toni der Integration wegen nicht im Abseits stehen sollte. Die Sinnfrage solcher Art von Veranstaltungen hatte man lange vorher bereits einvernehmlich geklärt: Es gab weit bessere Gelegenheiten, seine Zeit zu verbringen. Die Zusammenkunft sollte unter der feierlichen Bezeichnung „Gemeinsamer Gottesdienst" laufen, stellte im Grunde aber wirklich ein komplettes Durcheinander dar mit Hunderten von stolzen Eltern und ebenso stolzen Kindern, wovon einige weinten, weil sie im allgemeinen Chaos hingefallen und einige Eltern beinahe weinten, weil ihre hoffnungsvollen Sprösslinge verlorengegangen waren. Einzig die Gottesbediensteten standen vorne auf erhöhter Bühne und versuchten durch erhabenes Lächeln sowie gefaltete Hände, Ruhe und Überlegenheit auszustrahlen. Letzteres erreichten sie schließlich, indem sie sinnleeres Geschwätz über Lautsprecher verstärkten, mit deren Hilfe sie den vorherrschenden Lärmpegel zwar zu übertönen vermochten, wodurch es mit der Ruhe jedoch für den Rest der Zusammenkunft vorüber war. Wäre man nicht in einer Kirche gewesen, so hätte man sagen können, das Letzte an Ruhe und Besinnung hätte nun endgültig der Teufel geholt.

Dennoch gab es natürlich Besucher an jenem Morgen, denen Zufriedenheit und Glück aus Prinzip in den Augen standen. Diese verließen, als alles vorbei und überstanden war, selig die heilige Stätte und marschierten mit ihren Kindern, welche schon vorher selig waren, und all den anderen Leuten, in deren Bewusstsein sich nichts wesentlich geändert hatte, zielstrebig auf die nahe gelegene Schule zu.

Alles in allem wurde es ein schöner Tag, an dem engagierte Eltern größerer Kinder Kaffee ausschenkten und Kuchen gegen wenig Geld überreichten. Eine höhere Schulklasse führte ein Theaterstück auf, die Schulleiterin hielt die nächste Ansprache und den neuen Kindern war ohnehin alles gleichgültig mit Ausnahme ihrer Zuckertüte. Womit sich Toni also durchaus unter Gleichgesinnten wiederfand.

Insgesamt entwickelten sich die Dinge für ihn natürlich nicht gerade zum Leichteren. Vielmehr war er jetzt an dem Punkt angekommen, wo seine wirklich unbeschwerten und relativ ungetrübten Jahre endeten. In der Schule ist auch sanfter Druck eine Art von Stress, zumal die anderen Kinder leichter lernten und Toni zunehmend gehänselt wurde, wie dies unter Kindern nun mal so üblich ist. Auch damit musste er allerdings jetzt lernen umzugehen.

Konflikte und Frustrationen

Häufig guckte Toni enttäuscht vor sich hin, weil ihn mal wieder jemand durch den Kakao gezogen, zurechtgewiesen oder einfach weggeschickt hatte. Ständig trug er seinen Seelenschmerz mit sich herum, immer schaute er in diese kalte Welt hinaus, als wenn er fragen wollte, ob ihm niemand helfen könne in seinem Elend. Längst nicht alle Kinder hatten die gleiche soziale Einstellung wie etwa Julian, nicht allen wurde diese von ihren Eltern gleichsam mit in die Wiege gelegt. Im Gegenteil reagierten manche regelrecht abstoßend, wenn Toni freudestrahlend zu einer Ansammlung von Spielgefährten hinzukam. So wie zu früheren Zeiten intellektuell zurückgebliebene oder auf andere Art problematische Kinder weggeschlossen wurden, so schien dieses Denken bei manchen Zeitgenossen immer noch fest im recht flachen Hinterkopf zu sitzen und wurde auf „natürlichem Wege" an deren Kinder weitertransportiert.

„Oh nein, da kommt der ja schon wieder."
„Hallo!"
„Toni, wir wollen nicht mit dir spielen."
„Ja!!"
„Also?"
„Ja!!"
„Hau endlich ab!"
„Ja!!"

Toni drehte dann auch zögernd um und lief tapsig und traurig nach Hause zurück, wo er anklingelte und drinnen sogleich etwas zu essen begehrte. Essen gehörte zweifelsohne zu seinen Lieblingsbeschäftigungen, Essen beinhaltete einen Kompensationseffekt für ihn. Als er damals gerade erst bei seinen neuen Eltern angekommen war, aß er praktisch ununterbrochen – wenn man ihn ließ. Er verschlang alles und so viel davon, dass ihm oft übel wurde und er sich zuweilen sogar übergeben musste. Das war nun aber lange vorbei. Dennoch befand er sich raubvogelartig immer und an jeder Ecke auf der Suche nach etwas Essbarem, er trank draußen schmutziges Wasser und löste im Winter Eiszapfen unter den Autos ab, um sie zu lutschen. Bei einem gemeinsamen Abendessen oben bei Julian wurde mit Erleichterung und Freude festgestellt, dass Toni mittlerweile tatsächlich bei bestimmten Speisen von ganz alleine dankend ablehnte.

„Nein, das mag ich nicht. Das mag ich aber nicht."

Sein prüfender und leicht unsicherer Blick zu Julians Eltern wurde jedoch sogleich beantwortet: „Super, Toni, wenn du etwas nicht magst, iss etwas anderes und lasse diese Schüssel ruhig da stehen."

„Ja, das mag ich nicht so gerne."

„Macht gar nichts, ist wirklich in Ordnung."

„Ja!!"

Dennoch sah man ihm auch äußerlich an, dass er sehr gerne zu speisen pflegte. Seine etwas behäbige Statur wirkte sich wiederum positiv auf die Abwehrkräfte aus, zumindest war ihm dies zu wünschen. Toni war nämlich sehr leicht und sehr häufig krank, was irgendwie auf die früher so mangelhafte Ernährung zurückgeführt wurde. Auch von dieser Seite des Lebens wurde er also benachteiligt. Wo andere Kinder lediglich erkältet waren, trug er nicht selten zusätzlich eine schmerzende Mittelohrentzündung davon.

Eine Möglichkeit, sich von Frustrationen zu befreien, wurde für Toni mehr und mehr das laute Schreien. Hierbei konnte er sich entladen und seinem Ärger Luft machen. Auch zerstörte er ständig seine Spielsachen, indem er etwa mit dem Hammer darauf herumhaute, welchen ihm seine waldorfbewegte jetzige Mutter handwerksperspektivisch schon mal zur Verfügung gestellt hatte. Wenn er mit diesem Hammer in Ausübung einer unerklärten Tätigkeit schon mal die Wand in seinem Zimmer oder gar die Heizung bearbeitete, kam bei sämtlichen Nachbarn wahre Begeisterung auf. Dennoch ertrugen sie, ertrug insbesondere Julians Vater, der oft daheim arbeitete, dies gelassen, wenn er auch manchmal ziemlich verstört über seinen romantischen Gedichtbänden saß. Schließlich würde das nervige Geklopfe letzten Endes gut für Tonis Entwicklung sein.

Natürlich galt es für Toni wirklich und ernsthaft, zu einer eigenen Identität zu gelangen. Es musste etwas gefunden werden, was er hatte und andere nicht, was er – vielleicht wirklich einmal – besser können würde als andere Kinder. Toni als sich herausbildende Persönlichkeit wollte sich definieren und da kamen ihm seine Kräfte nicht ungelegen. Julian gegenüber hatte er schon vor langer Zeit den dringenden Wunsch geäußert, eines Tages mal „Gullimann" zu werden. Das Heben und Bewegen von schweren Gegenständen bereitete ihm große Freude und es gelang ihm in diesem Zusammenhang auch einmal, Julians hölzernen und außerordentlich robusten Bollerwagen zu ruinieren. Dies geschah im Übrigen nicht allzu lange, nachdem er eben diesen Wagen aus der Garage geholt und die in ihm befindlichen Holzstücke kreuz und quer über den ganzen Hof verstreut hatte, ein markerschütternder Anblick, weil der gesamte Hof damit übersät und dadurch für Autos nicht mehr befahrbar war. Man konnte sich gar nicht richtig vorstellen, wie man das alles wieder aufräumen sollte.

Seine Mitmenschen hatten es also nicht immer leicht mit Toni. Dennoch war und blieb er ein lieber und netter Junge, mit dem man auch Freude haben konnte, weil er auf seine Art durchaus originell und irgendwie ein seltsamer Vogel war.

Jugend und Arbeit

Nach der Grundschule trennen sich alle Kinder oder besser: werden getrennt, besuchen die verschiedensten Schulen, was dazu führt, dass oft längere Anfahrtswege zuweilen bis in andere Städte auf die Schüler zukommen. Dadurch werden natürlich auch zarte Bande der Freundschaft zerschnitten, denn wenn man plötzlich den ganzen Tag in einer anderen Stadt in einer anderen Schule mit anderen Schülern zusammen ist, vergisst man nach und nach die meisten seiner alten Freunde. Das Leben kennt da nur wenige Ausnahmen in besonders engen und fruchtbaren Beziehungen und diese waren Toni nun einmal nicht vergönnt. Mit anderen Worten fand er sich also bald erneut in einer anderen Klasse unter fremden Menschen wieder, die er kennen lernen und mit denen er sich arrangieren musste. Da er in jeder Hinsicht langsamer war als seine Mitschüler, traf er wiederum auf – inzwischen natürlich ältere und ausgereiftere – Charaktere, von denen erneut manche ihn hänselten und andere Verständnis für Toni zeigten, ihm gar bei manchen Angelegenheiten Unterstützung gewährten. So ging es eine ganze Reihe von Jahren.

Irgendwann kommt dann der Zeitpunkt, an dem die obligatorische Schulzeit ein Ende hat. Dann nämlich besucht, wer dafür qualifiziert erscheint, eine weiterführende Schule und die anderen wechseln ins Berufsleben. Toni besaß keinerlei Qualifikation, sondern lediglich ein mittelmäßiges Abgangszeugnis, was bei seinen bescheidenen Möglichkeiten immerhin einen gewissen Erfolg darstellte. Und dies bedeutete, dass Toni zusammen mit Tausenden anderer junger Menschen von nun an auf den Arbeitsmarkt drängte, fest entschlossen, nicht die Arbeitslosenzahlen in die Höhe zu treiben, sondern eine Lehrstelle zu finden.

Bei ungefähr dem hundertdreiundzwanzigsten Vorstellungsgespräch traf Toni in einem mittelständischen Betrieb für Garten- und Landschaftsbau auf einen älteren Personalchef, welcher auch für Neueinstellungen zuständig war und nicht nur schnell erkannte, dass Toni ein gewisses handwerkliches Geschick besaß – womit sich die frühzeitige Aushändigung von Werkzeugen durch seine neuen Eltern spätestens jetzt amortisierte. Man erkannte ebenfalls, dass Toni in seinen Möglichkeiten eingeschränkt, andererseits jedoch durchaus ein ehrlicher und aufrichtiger junger Mann war, auf den man vermutlich zählen konnte. Er schien einer von der Sorte zu sein, die gerne arbeiten, fleißig sind und loyal gegenüber ihren Vorgesetzten. Also anders als jene Auszubildende, welche die halbe Nacht in Discos verbrachten und sich am nächsten Morgen krank meldeten oder eben nur bedingt einsetzbar zum Dienst erschienen. Der ältere Herr war auch mal jung gewesen und hatte dies keinesfalls vergessen. Dennoch lebte er in der heutigen Welt und da war die wirtschaftliche Lage schlecht bis miserabel. Was er benötigte, waren zuverlässige Leute. Und der junge Mann, der da vor ihm stand, etwas untersetzt, kräftig, gesund und ihm mit treuem und ehrlichem Blick in die

Augen schauend, war so einer, darauf verwettete er seinen goldenen Kugelschreiber.

Toni bekam die Lehrstelle. Damit musste er von jetzt an morgens früh raus und hart arbeiten, aber dafür verdiente er auch sein erstes eigenes Geld. Jeden Monatsanfang konnte Toni zur Bank gehen und ruhigen Gewissens so viel abheben, wie er zum Leben benötigte. Und das war nicht viel. Er konnte und wollte nämlich zu Hause wohnen bleiben, weil er inzwischen sehr genau wusste, was seine jetzigen Eltern für ihn getan hatten und was sie für ihn bedeuteten. Auch heute noch, wo viele seiner Kollegen sich glücklich schätzten, den elterlichen vier Wänden endlich zu entkommen, fühlte Toni sich bei ihnen wohl und genoss die Geborgenheit in ihrer Mitte.

Irgendwann würde er mal seinen Opa besuchen, den von ganz früher, bevor er zu seinen neuen Eltern gekommen war, denn der war wirklich lieb gewesen. Dennoch bestand die Erinnerung an ihn nur noch schemenhaft und vielleicht war der liebe Opa inzwischen ja auch schon gestorben.

Toni war und blieb also ein sparsamer Mensch. Und dafür gab es einen bestimmten Grund. Er wollte genug zusammensparen und dann irgendwann mal nach Amerika reisen. Dies war sein Traum, sein allergrößter Wunsch, einmal dorthin zu kommen, wo die ganzen Indianer gelebt hatten. Toni liebte nämlich Indianer, las in seiner Freizeit Bücher über sie und nahm bewegten Anteil am Niedergang der indianischen Kultur beziehungsweise an deren Wiederaufleben in den letzten Jahrzehnten. Und für seinen Traum dackelte er sogar jeden Samstag zum nahe gelegenen Kiosk und setzte etwas von seinem sauer verdienten Geld für einen Lottoschein ein, wohlwissend, dass es sich dabei um nichts anderes als um den Traum des kleinen Mannes handelte, bei ihm wie bei Millionen anderer Menschen ebenfalls, auf der ewigen Suche nach dem sicheren Glück.

Insgesamt handelte es sich bei Toni keineswegs um einen unzufriedenen Menschen – im Gegenteil. Wenn man weiß, was man nicht kann, aber auch, was man kann, vermag man sich darauf einzustellen. Sein Meister war zufrieden mit ihm, so dass er im Sommer wie im Winter frühmorgens mit dem Gefühl zur Arbeit gehen konnte, akzeptiert zu werden. Insofern hatte sich sein Leben durchaus positiv verändert, Toni war selbstbewusster geworden. Und von unfreundlichen und unangenehmen Menschen hielt man sich ohnehin am besten fern. Toni besaß keine Freundin, was ihm natürlich fehlte, aber dafür liebte er Musik. Er verehrte alte Bands wie die Rolling Stones, Deep Purple, Santana, die Doors oder auch, wenn nicht zu häufig, die Beatles. Die Stones hatte er sogar schon mal live erlebt, ebenso Neil Young und Rory Gallagher. Für so etwas gab er gerne Geld aus und dann saß er zufrieden am Abend zu Hause, hörte seine Vinyl-Platten und trank einen schönen heißen Tee dazu. Auf Drogen gab Toni nicht viel. Dunkle Erinnerungen führten ihm zu Bewusstsein, wozu solche Mittel führen konnten, wenn er nämlich verschwommen diejenige Person vor sich sah, die er eigentlich lieber nicht mehr sehen wollte, weil es ihn schmerzte, aber die ja offensichtlich seine leibliche Mutter gewesen war. Nein, Toni wollte am liebsten einfach nur cool und relaxt auf seinem uralten Sofa sitzen, Tee trinken und Musik hören, getreu dem Motto, dass weniger so oft mehr ist.

Halluzinationen und Realitäten

An einem jener nasskalten Wintertage, an denen es ununterbrochen schneeregnet und alles nur grau in grau wirkt, beeilte sich Toni, mit zwei schweren Einkaufstaschen nach Hause zu kommen. Es war Samstag, sein Zimmer gut geheizt und wenn nicht ein Erdbeben oder noch Schlimmeres sich ereignete, würde er sich heute einen äußerst ruhigen Abend gönnen. Die Eltern waren auf eine

Party eingeladen und da konnte er seine Musik mal etwas krachen lassen und einfach gar nichts dabei tun. Später vielleicht etwas lesen, etwas fernsehen und dann ab ins Bett zum Matratzenhorchdienst, morgen war schließlich auch noch ein Tag. Und am nächsten Tag fit zu sein, bedeutete Toni mittlerweile etwas. Gesundheit war doch ein hohes Gut und eventuell würde er über kurz oder lang sogar mal mit Sport beginnen. Zunächst aber galt es, diesem Schmutzwetter zu entfliehen und die Wohnungstür möglichst bald von innen schließen zu können.

Zuweilen, nicht besonders häufig, aber manchmal eben doch wurde Toni melancholisch. Wenn er sich nämlich überlegte, was wohl überhaupt aus ihm werden sollte und wie denn mal seine Zukunft aussehen könnte. Eine Reihe seiner Kollegen und Bekannten hatten tolle Freundinnen, nicht wenige lebten sogar in festen Beziehungen. Er nicht. Er kannte keine Frau, die ihn liebte. Würde er irgendwann mal Vater sein? Würde er Kinder haben? Kleine Kinder faszinierten ihn. Wenn er auch nicht übermäßig Lust zum Windelwechseln verspürte, so würde diese unangenehme Pflicht eines guten Vaters schließlich mit der Zeit vorübergehen. Wenn er etwa eines fernen Tages einen Sohn haben könnte, dem er von seiner Musik und den Indianern erzählen oder mit dem er einfach nur spielen könnte. Oder sollte er etwa lebenslänglich alleine sein und später mal ein komischer Kauz werden? Wer immer ehrlich und nett zu anderen Leuten ist, dem müsste dies doch in irgendeiner Art und Weise gelohnt werden, darauf vertraute Toni ganz felsenfest.

Der Tag neigte sich draußen schnell seinem Ende zu, was bei diesem Wetter keinen Verlust, sondern durchaus einen Gewinn bedeutete, weil in der Dunkelheit sowieso alles gleich aussieht. Schon bald fand sich Toni auf seinem geliebten Sofa wieder. Hungrig war er nicht, also hatte er auch nichts gegessen, wohl aber einen heißen Vanille-Tee gekocht. Dieser würde gut sein für ihn.

Das heiße Getränk war dann auch gut, Toni döselte friedlich vor sich hin. Die Zusammenfassung des Spieltages der Fußball-Bundesliga erlebte er vor dem Fernseher und er ertappte sich dabei, dass er wirklich einmal jubelte, obwohl nicht seine Lieblingsmannschaft ein Tor geschossen hatte, sondern im bedauernswerten Gegenteil eines hinnehmen musste. Das war ihm sogar ein wenig peinlich vor sich selbst, aber nur ein wenig. Manchmal irrte das Leben. Es war *sein* Feierabend, es war *sein* Wochenende, also durfte er auch irren. So dachte er und schmunzelte über seinen Irrtum, welcher inzwischen wohl schon eine halbe Stunde her, aber immer noch lustig war. Zudem empfand er aber auch die von unglaublicher Intelligenz unterwanderten Statements der Fußballspieler im Interview als sehr witzig.

„Wie haben Sie dieses Spiel empfunden?"

„Okay, dieses Spiel hat ganz klar gezeigt, dass unser Trainer die richtigen Spieler eingewechselt hat."

„Warum haben Sie dann verloren?"

„Okay, das lag eindeutig am Schiedsrichter."

„Warum? Inwiefern? Können Sie das erklären?"

„Okay, jeder konnte sehen, dass der in der entscheidenden Situation hätte Abseits pfeifen müssen."

„Unsere Fernsehkamera hat dies eindeutig anders gesehen."

„Okay, Fernsehkameras sehen auch nicht alles."

„Okay, wir bedanken uns für dieses Interview und schalten zurück."

Nun würden gleich noch die Nachrichten kommen und dann war es genug für heute, es reichte mit Fernsehen, es reichte mit Musikhören und es reichte mit Teetrinken. War er denn eigentlich eben zur Toilette gewesen oder sollte dies lediglich Einbildung gewesen sein? Obgleich seine Blase noch immer oder schon wieder ziemlich drückte, blieb er erst mal sitzen, dachte lange über diese Frage nach und schlummerte letzten Endes sogar ein wenig darüber ein.

Wach wurde er, als die Fußballberichterstattung längst vorüber war und gänzlich ohne Kenntnis des Spielergebnisses seiner Mannschaft. Dafür liefen nun die Spätnachrichten mit Äußerungen mancher Politiker, welche denen eines Fußballspielers an geistvollem Gehalt in nichts nachstanden. Langsam erhob sich Toni und wollte schon mal das ungeliebte, aber notwendige Zähneputzen in Angriff nehmen, als er im Hintergrund eine freundliche weibliche Stimme die Lottozahlen von diesem Wochenende verkünden hörte. Selbstverständlich klang die Zahlenkombination ähnlich wie seine eigene, so war es jede Woche, doch dann:

„Ich wiederhole."

Toni war kurz zurück zum Fernseher gegangen und hatte zum Vergleich seinen Lottoschein mitgenommen, um schnell die genannten Zahlen zu notieren.

„Das Wetter wird ihnen nun präsentiert von..."

Aber dies hörte Toni schon nicht mehr. Noch nie in seinem ganzen Leben hatte er Halluzinationen gehabt, nun sollte es also soweit sein? Er starrte auf seine Zahlen von diesem Samstag. Er starrte auf die Zahlen der offiziellen Ziehung von diesem Samstag. Dies wiederholte er mit großen Augen ungläubig mehrere Male, aber es half alles nichts, sie waren identisch!! Vollkommen übereinstimmend sogar mit Zusatzzahl!! Es lief inzwischen das Wort zum Sonntag.

„Haben Sie sich eigentlich auch schon mal überlegt, wie Sie möglichst schnell reich werden können? Haben Sie sich auch schon mal gewünscht, im Lotto alle Zahlen richtig zu haben, verehrte Zuschauer? Ich würde es Ihnen ehrlich gönnen, viel Geld zu besitzen, dennoch: Ist Geld wirklich alles? Gibt es denn nichts auf dieser Erde, was vielleicht noch wichtiger ist und Sie glücklicher machen könnte? Ich bitte Sie aufrichtig: Gehen Sie jetzt nicht zum Kühlschrank oder auf die Toilette."

Ach ja, fühlte sich Toni prompt an seine Blase erinnert.

„Nehmen Sie sich die Minute, und denken Sie mal zusammen mit mir darüber nach. Dann werden wir gemeinsam zu dem Schluss kommen: Gott ist wichtiger und Gott macht glücklicher. Denn nur die Liebe zu ihm macht uns zufriedener und reicher als alles Geld dieser Welt..."

Toni schaltete ab. Nach den Worten dieses Predigers zu urteilen, müsste er jetzt unglücklich sein. Dafür war er jedoch stinkreich. Jedenfalls, wenn die Zahlen stimmten. Er stürzte zum Telefon und wählte irgendwelche Nummern, die alle falsch waren, denn er wollte die Lottozahlen hören, zusätzlich noch per Telefon, immer und immer wieder, die ganze verdammte Nacht hindurch. Als er schließlich richtig verbunden war, vernahm er wieder *seine* Zahlenkombination und ließ sie circa eine halbe Stunde durch die automatische Ansage ununterbrochen wiederholen. Es waren jedes Mal die Zahlen, die er getippt hatte, und obgleich es keine Gitarren waren, war es doch Musik in seinen Ohren, Musik von tausend Engeln.

Saus und Braus

Toni schlief nicht viel in dieser Nacht. Besser gesagt, schlief er gar nicht oder nickte nur mal zwischendurch ein. Er wachte aber auch immer wieder auf und wollte versuchen, endlich einen anderen Traum zu träumen als immer nur diesen einen. Es wollte ihm nicht gelingen. Er schaffte es weder, einen anderen Traum hinzukriegen, noch schaffte er es, das zu begreifen, was nun wohl Realität sein sollte, *seine* Realität.

Toni wurde wirklich reich. Am entsprechenden Stichtag zahlte man an ihn etwas über fünfeinhalb Millionen aus. Erneut handelte es sich um eine Erfahrung in seinem Leben, mit welcher er sich nun abzufinden, die er zu akzeptieren hatte. Niemandem verriet er etwas davon mit Ausnahme seiner Eltern, die er natürlich großzügig und äußerst wohlwollend bedachte. Ebenso spendete er ein erkleckliches Sümmchen an eine Umweltorganisation. Den Rest legte er gut an, nachdem er sich vorher ausführlich von seiner Bank hatte beraten lassen, deren Repräsentanten nun ohnehin sehr freundlich zu ihm waren und - nicht ganz ohne Eigennutz, aber doch auch zu Tonis Wohlergehen - eine Menge guter Tipps für ihn bereithielten.

So wie übrigens auch andere Menschen, denen bisher absolut nichts an Toni gelegen war, ihm plötzlich großes Interesse entgegenbrachten, nachdem ihnen etwas von seinem Glück zu Ohren gekommen war, weil ja alles irgendwann ans Licht der Sonne dringt. Toni ließ die neue, falsche Freundlichkeit gewisser Leute ihm gegenüber bereitwillig geschehen, wie es schließlich immer seine Art gewesen war, Dinge gutmütig über sich ergehen zu lassen. Aber weiter berührte es ihn nicht. So wie ihn von nun an und für den langen und glücklichen Rest seines Lebens sowieso nicht mehr viel berühren würde.

Es war ihm einfach egal.

Der Obstverkäufer auf Kreta

Im Schatten eines großen Baumes neben seinem alten roten Pickup stehend, bekleidet mit beigefarbener Hose und weißem Hemd, welche beide ihre besten Tage schon lange hinter sich haben, sucht der alte Mann Schutz vor der sengenden Mittagssonne. Teilnahmslos schaut er zunächst zu Boden, dann gelangweilt auf seine Ware, gelassen trifft sein Blick auf Vorübergehende. Plötzlich geht ein Ruck durch seinen Körper, er zeigt auf jemanden, ruft ihn deutlich hörbar, vielleicht gar laut an und mit einer weit ausholenden Armbewegung zeigt er schließlich auf Weintrauben, Melonen, Pfirsiche und Apfelsinen, welche in Kisten auf der Ladefläche seines Pickups gestapelt sind. Der unvermittelt Angesprochene fühlt sich förmlich gefangen durch das offensive Vorgehen des schludrig wirkenden, braun gebrannten Verkäufers mit ungepflegtem Schnurrbart, will aber zumindest einen schnellen, wenn auch unverbindlichen Blick auf die angepriesene Ware werfen. Ehe er jedoch seinen Weg fortsetzen kann, drückt ihm der alte Mann schon ein vorher zurechtgeschnittenes Obststück in die Hand mit der Aufforderung, es zu probieren. Auf diesem Höhepunkt des Verkaufsgesprächs ist dem Händler eine gewisse Unruhe anzumerken, welche sich sogleich umwandelt in erneute Teilnahmslosigkeit, nachdem der Umworbene freundlich abwinkend seinen Weg fortsetzt. Des Öfteren bewegt er sich darauf um den Wagen herum zum vorderen Teil der Ladefläche, wo er aus einem Kanister Wasser über seine Hände gießt. So geht es lange Zeit, unterbrochen von einer regelmäßigen Zigarette, welche der Alte anzündet und in schnellen, gierigen, mit Sicherheit aber nicht genießerischen Zügen zu Ende raucht. Auch trinkt er in der Hitze auffallend häufig ein großes Glas Bier, welches ihm seine – die meiste Zeit unter einem Baume schlafende – Frau aus einer nahegelegenen Gaststätte bringt, ebenso wie kurze Zeit später mehrere Schachteln Zigaretten.

Tag für Tag, Jahr für Jahr steht an dieser oder anderer Stelle der Obstverkäufer und versucht, seine Ware zu veräußern. Dabei zieht er aus einer Kiste auch ab und zu eine jener blauen Kunststofftüten, in welcher er dann emsig ein paar Apfelsinen oder Pfirsiche verpackt und diese fast immer mit einem wohlwollenden Schlag auf die Schulter oder den Rücken einem interessierten Kunden in die Hand drückt und dafür das Geld in Empfang nimmt. Die Frage nach einer Existenzsicherung in welcher Form auch immer und erst recht in seinem Alter bleibt scheinbar unbeantwortet, zumal im Winter der Ort verwaist ist und schließlich keinerlei Möglichkeit mehr besteht, die typischen Landesfrüchte anzubieten. Erst wer längere Zeit in dieser Gegend verbringt, macht die Erfahrung, dass viele solcher Verkäufer ihre Waren ganz unterschiedlicher Art während des Sommers feilbieten, alle einen ärmlichen Eindruck in abgetragener Kleidung und ungepflegtem Äußeren hinterlassen, dass aber ebendiese Leute während des gesamten Winters verschwunden bleiben – gar nicht so selten recht gut versorgt und sogar einigermaßen abgesichert durch die guten Geschäfte nämlich des vergangenen Sommers.

Kurze Freundschaft mit einer Libelle

Es kam allerdings überraschend, als sich die Libelle an jenem Nachmittag ausnahmsweise nicht auf eine der großen Kakteen setzte, wo sie sich an anderen Sommertagen so gerne den wärmenden Sonnenstrahlen hingab, sondern exakt in die Mitte seines linken Handrückens, welcher auf seinem Schoß ruhte, wo er ein Buch hielt. Da saß sie nun und schaute ihn prüfend an mit grünlich schimmernden Facettenaugen, welche orientalisch geheimnisvoll anmuteten, sowie gleichfarbigem Munde. Der lang gestreckte, sich sanft im Winde bewegende Körper war in dunkle und hellere, ebenfalls grüne, wenn auch ins Blaue übergehende Abschnitte unterteilt.

Schnell entwickelte sich das zumindest von ihm beabsichtigte Vertrauensverhältnis. Während sie sich ununterbrochen anschauten und er ein paar sehr leise, eher gedachte Worte des Liebkosens zu seiner Libelle sprach, begann er mit äußerster Vorsicht, die Hand auf- und abzuheben, um sie schließlich zunächst zur linken und dann zur rechten Seite hin zu bewegen, was die schöne Besucherin großmütig geschehen ließ.

Die schwüle Gewitterluft gab zuweilen ein paar Sonnenstrahlen Gelegenheit, die Temperaturen noch weiter nach oben zu drücken, jedenfalls wenn die Wolkendecke mal aufriss. Dies gefiel ihnen beiden. Ein Ausdruck seiner Kommunikation mit der neuen Freundin bestand darin, dass er die Hand mit ihr dann zügig aus dem Schatten eintauchte ins wärmende Sonnenlicht und dadurch sein Wohlwollen der Schönen gegenüber zum Ausdruck brachte. Sie ihrerseits zog das linke Vorderbein ein wenig zurück, um es sogleich wieder vorzusetzen, ebenso wie es Pferde zu tun pflegen. Durch die Bewegung der Hand vom Körper weg und anschließend wieder zu ihm hin veränderte die Libelle jedes Mal die Haltung ihres Kopfes in einem bestimmten Winkel und hielt auf diese Weise ständig Blickkontakt.

Allmählich tauchten Skrupel in ihm auf, die enge Verbindung zwischen ihnen nicht zu intim geraten zu lassen, damit sie nicht von fremden Menschen ausgenutzt werden und der Libelle so zum Schaden gereichen könnte. Hatte er nicht vielleicht dieses Insekt erst am vorigen Tage unter großer Behutsamkeit aus der Wohnung in die frische Luft hinausgetragen und ihm so das Leben gerettet?

Nach ähnlichen Erfahrungen mit anderen Tieren in der Vergangenheit war er darauf vorbereitet, dass ihre Freundschaft lediglich von kurzer Dauer sein würde. Insofern handelte es sich schließlich auch gar nicht um „seine" Libelle, sondern im günstigsten Falle um seine kleine Zeit mit ihr. Er war daher auch nicht allzu sehr enttäuscht, als sie ihn verließ, weil Besitzdenken wie so oft in zwischenmenschlichen Beziehungen hier schließlich niemals stattgefunden hatte. Nicht einmal ein Versprechen wagte er ihr abzunehmen, dass sie ihn vielleicht eines Tages noch mal durch ihren Besuch erfreuen möge. Und so verschwand sie für immer.

Ende eines Sommertages

Schnell, bevor die herannahende Dunkelheit jede Möglichkeit einer Beschreibung raubt, wandert der Blick umher und verfolgt dabei die am linken Horizont in großer Höhe vorbeieilenden Wolken. Dort im Osten müsste eigentlich das Licht schon weniger, die Nacht schon näher sein als im Westen, wo gerade die Sonne untergeht. Allerdings verdecken an dieser Stelle des Himmels aschgraue Regenwolken den sterbenden Tag völlig.

Wenn der Wind die Zweige bewegt und in den alten Bäumen leise rauscht, kehren allmählich und immer rechtzeitig die Vögel heim zu ihren Schlafplätzen, welche sie allabendlich mit scheinbar unkontrolliertem Geflatter und ärgerlichem Gezeter einnehmen. Gänzlich lautlos dagegen wiegen sich unendlich viele Mücken über den Bäumen im Wind und verändern dadurch ständig die Form der fliegenden Schwärme.

Und es ist auch die Stunde, in der Nachtfalter ihren fröhlichen Ausflug beginnen und sich voller Todesangst wiederfinden in einem vordergründig unsichtbaren Spinnennetz, aus dem es kein Entrinnen für sie gibt und durch welches eine eigentlich wundervolle Natur in grauenvoller Weise ihren lebensvernichtenden Charakter unter Beweis stellt. Nein, meine Vertraute kann die Nacht niemals sein.

Sein bester Freund

Als Junge besaß er einen alten Teddybär, welchen seine Mutter wohl irgendwo geschenkt bekommen hatte. Irgendwer hatte ihm sogar Jacke und Hose angenäht, womit der Betagte dann auch nicht in seine Einzelteile zerfiel. So gebraucht und so alt war dieser Bär. Seinen ureigenen Körpergeruch schien er am intensivsten durch die Nase zu verströmen, was seinen neuen Besitzer schon früh inspiriert hatte, ihn mit mindestens einem Duftstoff aus der Parfümkollektion der Mutter zu präparieren. Dennoch liebte der Junge seinen Bär wie nichts auf dieser Welt, denn dieser war immer für ihn da, wachte jede Nacht über seinen Schlaf und enttäuschte ihn nie.

Es kam aber die Zeit, in der er sich wie seine Spielgefährten für andere Dinge zu interessieren begann, in der er seinen Bär, welcher übrigens den Namen Muppel trug, immer in seiner Nähe wusste und ihn doch übersah wie Dinge, die man eben besitzt, kennt, derer man sich sicher ist, sicher sein darf, und die man daher als gegeben hinnimmt. Er verbrachte seine Zeit noch öfter außerhalb des Hauses, außerhalb der Familie, als er es ohnehin schon getan hatte, und richtete sein Augenmerk zunehmend auf Musik und Mädchen. Musik war für ihn schon damals gleichgesetzt mit möglichst vielen Gitarren und Mädchen mochte er mit dunklen Haaren.

Wenn nun etwas auf die Ebene der Bedeutungslosigkeit reduziert wird, bleibt es in der Regel irgendwo liegen und gerät allmählich in Vergessenheit. Seinem Muppel jedoch schenkte er sehr wohl Beachtung, indem er sich nämlich eine ganze Weile Gedanken darüber machte, dass sein Leben mit dem des Bären nicht mehr konform ging, dass sie zueinander nicht mehr passten und daher eine Trennung unumgänglich werden würde. Ein Muppel irgendwann in der Mülltonne erschien ihm herzlos, des ehemaligen Spielgefährten nicht würdig, der Gedanke daran schmerzte ihn gar. Da aber die Trennung ohnehin nicht zu vermeiden schien, galt es grundsätzlich, diese für beide Seiten zu erleichtern, wobei er eher noch an seinen Freund dachte. So stellte er also einen Holzblock auf und legte seinen Muppel mit dem Oberkörper darauf. Nun trennte er mit einer Axt, um dem Bären wahrlich Erleichterung zu schaffen, dessen Kopf ab. Bei dieser Gelegenheit machte er die Erfahrung, dass der Kopf eines Teddybären mit starkem Draht oder gar Metallstäben am Rumpf befestigt ist, welche sich jedenfalls gar nicht ohne weiteres voneinander trennen lassen, nicht einmal mit Hilfe scharfer Gegenstände. Somit verzögerte sich die Erleichterung, welche er seinem besten Freund angedeihen lassen wollte, der Eintritt des Todes ließ erheblich auf sich warten. Nach mehreren gezielten Hieben erst fiel der Kopf.

Die sterblichen Überreste legte er danach sorgsam in eine Plastiktüte, um sie draußen in der Erde zu begraben und dauerhaft, möglichst für immer, vor Feuchtigkeit zu schützen. Das Grab wurde im Hof geschaufelt und der alte Freund dort zur letzten Ruhe gebettet. Später dachte er immer mal wieder daran, zurückzufahren an diesen Ort und seinen Muppel wieder auszugraben. Aber vielleicht war der auch schon längst nicht mehr da.

Die alte Dame und das Müllauto

Auf dem Balkon eines Hochhauses in der fünften Etage steht – hinter ihren Geranientöpfen nur für den genauen Beobachter zu erkennen – eine alte Dame mit weißen, am Hinterkopf zu einem Knoten zusammengebundenen Haaren, wie sie auch meine Mutter früher immer trug. Als sie hinunterwinkt, schaue ich in der Annahme, dass sie wohl Bekannte, Freunde oder Enkelkinder zum Abschied grüßt, wieder vor mir auf die Straße. Dort aber fällt mir ein Bediensteter der städtischen Müllabfuhr ins Auge, welcher soeben ihren Gruß erwidert und dabei freundlich hinauflächelt. Dies wird nun erneut zurückwinkend und mit großer Freude durch die alte Dame beantwortet und während sich der Lastwagen der Müllabfuhr langsam in Bewegung setzt, lächelt ebenfalls erneut und zum letzten Mal für heute der Müllmann seiner Bekannten zu. Leicht ist zu erkennen, dass dieser gänzlich unverbindliche Akt des freundlichen Umgangs zwischen eigentlich unbekannten Menschen der alten Dame den neuen Morgen versüßen wird – und dies sogar ohne dass ein einziges Wort gesprochen worden wäre zwischen den beiden beteiligten Personen.

Für mich schließt sich – einerseits in sentimentalem Zurückschauen, andererseits im positiven Vorausschauen – ein Kreis. Scheint doch gerade erst die Zeit vorüber, in welcher mein kleiner Sohn begeistert zu Tagesbeginn bei den entsprechenden Geräuschen aus seinem Bettchen springt oder aber vom Frühstückstisch wegläuft, nur um das früh anrollende „Müllauto", wie er es immer zu nennen pflegte, vor unserem Hause kurz anhalten, die Tonne lehren und sofort zügig weiterfahren zu sehen. Mittlerweile begnügt er sich bei der Ankunft des orangefarbenen Lastwagens mit einem Hinweis auf dessen Erscheinen, hält es aber schon lange nicht mehr für interessant genug, um aufzuspringen und zum Fenster zu laufen. Noch ein paar Jahre und er wird das Poltern der Mülltonnen draußen nur noch hören, jedoch mit keinem Wort mehr würdigen. Wesentlich und von Bedeutung sind dann andere Dinge wie die Schule und später einmal der Beruf.

Wir alle nehmen viel zu wenig wahr von dem, was um uns herum geschieht, weil wir alle viel zu sehr gedrückt, zuweilen fast erdrückt werden von Sorgen und Nöten in der eilig vorbeifliegenden Zeit, unaufhaltsam und unmerklich. Für manch einen Zeitgenossen wird sich dieser Kreis niemals schließen, weil er sich in ewiger Hetze und Sucht nach Geld befindet und schließlich irgendwo auf der Strecke bleibt. Ich habe nicht sehr viel Mitleid mit solchen Menschen.

Wenn wir aber das Schöne unserer Welt nicht zu vergessen bemüht sind, wenn wir nicht aufhören zu träumen, wenn wir fortfahren, die Bäume dabei zu beobachten, wie sich ihre Zweige sanft im Winde wiegen und im Sommer warmer Regen unsere Haut befeuchtet, während fleißige Bienen Tausende von bunten Blumen besuchen - dann werden auch wir eines Tages vielleicht dahin kommen, dass endlich alle Arbeit getan ist und wir uns wie die alte Dame beruhigt wieder dem Müllauto zuwenden können, um dessen freundliche Arbeiter freundlich winkend zu begrüßen.

Saras Reise

In der Mitte eines Traumes, welcher sie mit weniger erfreulichen, aber letztendlich doch unwichtigen Dingen konfrontierte, verspürte Sara plötzlich einen Sog um sich herum, den sie sich nicht recht erklären konnte, der sie jedoch auch nicht weiter beunruhigte, da ihr Bett seit den Kindertagen schon ihre Burg darstellte, in die sie sich immer zurückziehen konnte – nicht nur wenn sie müde war, sondern auch auf der allgemeinen und zuweilen unvermeidbaren Flucht vor dem Leben an sich. Doch nun war da etwas, es erstrahlte von weither ein undefinierbares Licht und außerdem begann sich scheinbar ihr Körpergewicht zu verringern. Sara war nicht erwacht, daran gab es seltsamerweise keinen Zweifel, dennoch konnte man dies hier auch nicht mit unwirklichen Geschehnissen in einem Traum erklären, denn dafür gestaltete sich alles wiederum zu realistisch.

Der Sog wurde intensiver, wenn auch nicht gleich stärker, bewirkte aber dennoch, dass Sara ohne Berücksichtigung ihrer normalen körperlichen Maße einem Nebel gleich vorsichtig zunächst in die Höhe gehoben wurde und dann zum geöffneten Fenster in die Nacht hinausglitt. Dort setzte sich ihr Aufstieg fort, sie stieg unaufhörlich in höhere Lüfte empor, wobei ein lauer Wind sanft ihren Körper berührte.

Es war dunkel, es war kühl, Sara hatte sich inzwischen von ihrer Schlafstätte weit entfernt und allmählich kam ihr zu Bewusstsein, dass sie tot war. Dies vermittelte ihr jedoch keineswegs Angst oder auch nur Unbehagen. Vielmehr war alles sehr selbstverständlich, wenngleich sie sich die neuen Umstände auch nicht zu erklären vermochte, da sie schließlich weder krank noch alt oder gebrechlich war. Im Gegenteil stand Sara sogar in der Blüte ihres Lebens und wusste dies auch zu genießen, liebte sie doch gutes Essen, guten Wein, weite Reisen, vor allem jedoch die Sonne und die Liebe. Da sie nicht nur gesund, sondern zudem auch sehr hübsch war, hatte sie von allem immer reichlich gehabt. Ob sich dies in Zukunft ändern würde, wusste sie nicht so genau. Es war aber auch nicht das, was ihr in diesem Augenblick am meisten zu denken gab. Vielmehr beschäftigte sie der Gedanke an nicht nur einen abgeschlossenen Lebensabschnitt, sondern an ein ganz offensichtlich zu früh beendetes Leben, ohne dass es ihr rechtzeitig gelungen wäre, ihre Dinge vorher zumindest ein wenig zu ordnen. In ihrem nach wie vor zuverlässig arbeitenden Kopf setzte langsam eine Reflexion des bisher Gewesenen ein, gleichsam eine Neubewertung ihrer Existenz, welche ja nun überraschend und offensichtlich zur Vergangenheit geworden war. Vermutlich aufgrund der geänderten Perspektive unterschied Sara nun deutlicher zwischen Dingen und Menschen, welche in ihrem Leben wichtig waren, gar im Mittelpunkt standen, und welche nicht. In ihr vollzog sich zu ihrer eigenen Überraschung eine gänzlich andere Gewichtung sehr vieler Elemente aus ihrem Leben, gar ein Wertewandel. Nun erkannte sie, dass Arbeit und Geldverdienen zwar wesentliche Faktoren zur Sicherung der Lebensqualität darstellten, dass bei ihr jedoch fast immer ideelle Werte zu kurz gekommen waren.

Sara stellte fest, dass sie allmählich dem Mond näher kam, während sie sich von der Erde immer weiter entfernte. Längst hatte sie ihre Schwerelosigkeit akzeptiert und schaute mit Interesse nicht nur auf ihrer Reise nach vorne, sondern auch auf das, was sie wohl noch zu erwarten hatte. In jedem Falle sah sie weiterhin alles gänzlich unerschrocken und überwiegend pragmatisch, wie es im Grunde schon immer ihre Art gewesen war. Fragen tauchten in ihr auf wie diejenige nach Versäumnissen ihres Lebens und an diesem Punkt musste sie sich durchaus eigene Fehler eingestehen. Ihr wurde nun deutlich, dass sie viele Dinge hätte besser umsetzen können, Dinge, die für sie immer wirklich wichtig waren wie etwa ihre Pflanzen oder eine funktionierende Zweierbeziehung, vielleicht auch irgendwann einmal das Schreiben eines Gedichtes. Wenn ein Tag vierundzwanzig Stunden hatte und eine Woche sieben Tage, dann bedeuteten etwa siebzig Jahre, vorausgesetzt natürlich, man erreicht dieses Alter überhaupt, eine Zahl von lediglich fünfundzwanzigtausendfünfhundertfünfzig Tagen. Diese Zeit genügte schlicht nicht, um in Ruhe alle Länder der Welt oder wenigstens möglichst viele von ihnen zu bereisen, genug Bücher zu lesen oder ausreichend schöne Musikstücke zu hören.

Wenn also Sara nichts in ihrer Vergangenheit wirklich bereute, so meinte sie dennoch eine Reihe von Defiziten ausgemacht zu haben. Gedanken, welche sie anderen Menschen mitteilen, Dinge, die sie noch nachholen wollte. Im Augenblick hatte sie indes überhaupt keine Idee, wie sie dies alles umsetzen sollte, also nahm sie es einfach als nächstes Projekt mit auf ihre Reise. Und damit verlor sich Saras hübscher Körper langsam und für immer in den unendlichen Weiten des Weltalls.

Der alte Kaktus und sein erster Regen

Der kleine Karl liebte Kakteen über alles. Die stacheligen Pflanzen, bei deren pieksenden Spitzen es sich genau genommen gar nicht um Stacheln, sondern um verkümmerte Blatttriebe und somit biologisch um Dornen handelt, dienten ihm zur Beruhigung, weil sie friedlich, schweigsam und scheinbar für ewig dort in ihren Ton- und Keramiktöpfen standen und sie bezauberten ihn, wenn sie blühten, was allerdings nicht zwingend regelmäßig geschah. Dennoch war jede einzelne Kaktusblüte für Karl eine wundervolle Sonne und damit Anlass zu unendlicher Freude, ganz gleich, ob diese niedlich klein und rötlich orange oder groß und gelblich weiß sich entfaltete. Manche zeigten sich sogar trichterförmig und weißlich violett gefärbt. Diese mochte Karl am liebsten, ja er hatte sogar schon mal den Lichtstrahl seiner Taschenlampe in einen solchen Trichter hineingehalten und ihn dabei nicht nur ausgeleuchtet, sondern wahrlich eine pflanzliche Lampe geschaffen, weil nämlich der helle Schein seiner Taschenlampe durch die Blütenwand nach außen dringen konnte und somit in der Tat ein wenn auch recht schwaches violettes Licht spendete. Die Betrachtung einer pflanzlichen Blüte im Dunkeln, in deren Inneren etwas leuchtet, birgt durchaus Feierliches in sich, weil zwar die Menschen jede normale Kerze in jeder Kirche weltlich zu entzünden vermögen, eine trichterförmige Kaktusblüte hingegen in aller Regel nicht und niemals leuchtet oder erstrahlt außer natürlich durch ihre unvergleichliche Schönheit.

So pflegte Karl also seine Kakteen, goss alle sehr behutsam und erübrigte auch immer mal ein paar lobende Worte für sie, wenn etwa beim Wachstum gute Erfolge zu verzeichnen waren. Ebenso tröstete er sie, wenn einer seiner Freunde mal ein bisschen mitgenommen wirkte oder im Wind umgefallen war und sich bei dieser Gelegenheit gar verletzt hatte. Und wenn er mehrmals täglich nach ihnen sah, dann geschah dies wirklich auch, um vielleicht neue hellgrüne oder zuweilen blau schimmernde Triebe aus ihnen gleichsam herauszuschauen. Je öfter der kleine Karl in seiner Pflanzenecke die einzelnen Exemplare betrachtete, desto größer wurde ja doch die Wahrscheinlichkeit, dass irgendwo ein ganz frischer Trieb emsig bemüht war, sich seinen Weg zu bahnen durch die zuweilen recht steinige Erde oder den verholzten Stamm einer schon bejahrten Pflanze.

Ansonsten ließ er seinen Kakteen jedoch ihren Frieden, weil er genau wusste, dass sie im Grunde sehr verträgliche und bescheidene Wesen waren und gar keine besonderen Ansprüche stellten. In dieser Hinsicht waren die Pflanzen dem kleinen Karl durchaus ähnlich und darin lag ein weiterer Grund für seine tiefe Zuneigung zu ihnen. Wenn man sie zu sehr reizte, endete dies nicht selten mit manchmal recht schmerzhaften Dornenstichen in der Haut des übel wollenden Selbstverschulders.

Es war ein sonniger Sommernachmittag, als Karl mit seiner Mutter durch die engen Straßen eines benachbarten Dorfes lief und wie üblich die Fenster der umliegenden Häuser systematisch nach dornigen Vertretern absuchte. Zuweilen war es wirklich überraschend, wie viele Leute zwischen nichts sagenden Topfpflanzen kleine Kakteenkügelchen oder auch mal eine dornige Säule platziert hatten. Nur allzu häufig ist diesen jedoch kein langes Leben vergönnt, da der durchschnittliche Fensterbankzüchter oft seine wasserspeichernden Pflanzen, zu welchen die Kakteen doch wesentlich gehören, durch großzügige Gießaktionen erfreuen möchte. Dies führt in der Konsequenz schnell zu einem baldigen Ableben der schönen Wüstenpflanzen.

Als sie an einem roten Hause vorbeikamen, erspähte Karl in dessen Wohnzimmerfenster plötzlich links und rechts zwei grünblau schimmernde Säulenkakteen derselben Art und nach dem ersten Erstaunen machte er schnell hinter jeder dieser Säulen noch mal eine weitere aus. Alle vier Exemplare waren relativ hoch mit einer ganzen Reihe von Seitentrieben und außerdem gut gepflegt – das verriet Karl sein Kennerblick sofort. Somit handelte es sich also um vier gleiche Säulenkakteen in einem einzigen Wohnzimmerfenster. Karl folgerte daraus sogleich, dass es sich bei den Besitzern wohl um Blumenfreunde von derjenigen Sorte handeln musste, die ihre Pflanzen, auch wenn diese groß und größer werden, niemals wegschmeißen können wie Küchenabfälle. Auf der anderen Seite führte ein solches Denken - dies wusste Karl selbst nur zu genau - zwangsläufig zu räumlichen Problemen von nicht selten dramatischen Ausmaßen.

Es existierte da ein ziemlich großer Ohrenkaktus in zwei Versionen in Karls Sammlung, nämlich eine Mutter mit ihrem Kinde. Von der jüngeren Pflanze würde er sich trennen, wenn irgendwann mal Gelegenheit zu einem Tausch bestünde, eines Tages, irgendwo. Damit stand spätestens jetzt sein Entschluss fest, sofern er diesen nicht ohnehin schon beim ersten Anblick jener wundervollen Säulen gefasst hatte: Karl würde im Laufe der nächsten Woche hier an diesem Hause anklingeln und einfach und ehrlich, weil das immer der beste Weg war, sein Anliegen vortragen. Fragen durfte er schließlich und mehr als ablehnen konnten die Besitzer nicht.

Wenige Tage später stand er mit seiner Mutter zusammen vor der Tür des roten Hauses und überlegte, auf welches Klingelschild er drücken sollte. Er entschied sich für das richtige, denn nachdem jemand geöffnet und Karl seinen Wunsch vorgetragen hatte, gebot eine freundliche Dame ihm und seiner Mutter Einlass und ehe er sich versah, stand er bereits an eben jenem Fenster, welches er bisher nur zweimal von außen betrachtet hatte.

Der alte Kaktus ruhte auf seinem gewohnten Platz auf der Fensterbank in der zweiten Reihe und bemühte sich, möglichst viel von den Sonnenstrahlen zu erhaschen, welche dieser Sommer bisher äußerst großzügig verteilt hatte. So verliefen seine Tage, Wochen und Monate, so waren seine Jahre und Jahrzehnte vergangen unter ewigem Ringen um Sonnenlicht und relativ spärliche Wassergaben, mit denen man leben konnte, aber eine wirkliche Freude war es eben nicht.

Und immer dachte er zwischendurch mal an seinen allergrößten Traum, welchen er natürlich nie würde verwirklichen können. Er wünschte sich nämlich so sehr, nur einmal im Leben wirklichen Regen auf seiner Haut zu spüren. Zwar wurde beim Gießen immer mal etwas Wasser gegen seinen stark verholzten unteren Stamm geschüttet, aber das war etwas anderes. Wovon er träumte, war das durch Regentropfen verursachte Gefühl, welches wohl entstehen mochte, wenn diese einzeln auf seine dicken Seitentriebe fielen, wie sie es draußen vor dem Fenster auf der Wiese und den Bäumen ja ebenfalls immer taten.

Mehr als drei Jahrzehnte waren mittlerweile ins Land gegangen, seit der alte Kaktus von einer gutmütigen Frau als winziger Ableger in die Erde gesetzt worden war. Diese Frau hatte er schon so lange nicht gesehen, dass er sich nicht mehr an ihr Aussehen erinnern konnte. Und der Topf, in dem er schon so lange sein Dasein fristete, war aus Kunststoff und seine Wurzelballen gar nur zur Hälfte mit Erde bedeckt.

Der Mann und die Frau, mit denen er nun zusammenwohnte, betraten plötzlich den Raum, gefolgt von einer weiteren Frau und einem Jungen. Erstaunlicherweise schritten alle Personen unmittelbar auf seine Fensterbank zu und unterhielten sich – ja, sie unterhielten sich tatsächlich über den alten Kaktus und seine drei Verwandten! Fremde Menschen hielten sich häufiger in diesem Zimmer auf, aber über ihn hatte noch nie jemand gesprochen. Noch viel interessanter klang jedoch das, was sie da ganz offensichtlich beredeten.

„Ich habe diese schönen Säulenkakteen in ihrem Fenster gesehen und da ich Kakteen sammele, dachte ich mir, dass ich vielleicht einfach einmal nachfrage", äußerte der Junge etwas unsicher, der im Übrigen auf den alten Kaktus einen recht netten Eindruck machte.

„So ein richtiges Verhältnis habe ich zu Kakteen eigentlich gar nicht, weil sie Dornen haben und stechen", antwortete die Frau darauf.

„Sie stechen nur, wenn man sie nicht in Ruhe lässt", verteidigte sogleich der sympathische Junge.

Dies war allerdings richtig und der alte Kaktus musste etwas schmunzeln.

„Na ja und insofern stehen sie eigentlich nur herum. Mit den Gardinen habe ich auch Probleme, denn sie sind neu und verheddern sich immer in den Dornen. Aber wegschmeißen kann ich die Pflanzen natürlich nicht, denn schließlich sind sie ja auch Lebewesen."

Damit hatte die Frau die wichtigste Erkenntnis in Worte gekleidet: Bei Kakteen handelte es sich nicht um Fastfood-Botanik, die eventuell für einen Sommer blüht und dann am Ende ist, sondern Kakteen werden viele Jahre alt und überdauern nicht selten sogar ein ganzes Menschenleben. Ihre Verholzungen am unteren Stamm lassen sie im Laufe der Zeit sogar Bäumen ähneln und dies ebenso auf einer ganz normalen Fensterbank im kühlen Mitteleuropa.

„Die Probleme mit den Gardinen sind mir unbekannt, wir besitzen nämlich keine", entgegnete kurz der Junge und betrachtete währenddessen die Säulenkakteen, insbesondere aber das alte Exemplar, aufgeregt.

„Ich habe zu Hause einen Ohrenkaktus doppelt, davon könnte ich Ihnen einen zum Tausch anbieten. Hätten Sie Lust dazu?"

„Wie groß ist er denn?", fragte bescheiden die Dame.

„Nun ja, etwa so groß wie ich. Allerdings besitzt er ziemlich lange Dornen, das muss ich schon zugeben."

„Oh nein, ich danke dir, aber wir haben hier nicht so viel Platz und außerdem die Dornen", wehrte die Dame freundlich ab.

Karl hingegen war immer fester entschlossen, zumindest einen Ableger zu ergattern, als der Mann sich ins Gespräch einschaltete.

„Dann überlasse ihm doch einen davon."

„Ja natürlich, wenn jemand extra anschellt deshalb, dann kann man wohl davon ausgehen, dass er ihn gut pflegen wird", willigte seine Frau gerne ein.

Sogleich wurde Karl von einer milden Glückseligkeit angehaucht.

„Einen von diesen beiden", schränkte der Mann ein, indem er auf die betreffenden Exemplare zeigte, „weil die anderen zwei noch von meiner Mutter stammen."

Womit er sich bezüglich des voraussichtlichen Alters geirrt haben musste, fand Karl.

Womit er sich in der Tat geirrt hatte, wusste der alte Kaktus natürlich am besten. Denn er war es höchstselbst, der dort am ältesten und am stärksten verholzt von allen seine Tage verbrachte, so dass unter den Umständen eines Schönheitswettbewerbs er wohl kaum die ersten Plätze belegt haben dürfte. Aber darauf kam es nicht an. Das Alter brachte ganz andere Werte mit sich, Werte nämlich wie Ruhe, Würde und Besonnenheit. Dagegen waren Schönheit, Unruhe und Hast Eigenschaften der Jugend, die allzu schnell vergingen. Und dessen war der alte Kaktus sich natürlich bewusst.

Um die Unterhaltung nicht endlos andauern zu lassen, entschied sich Karl, der zwar noch klein, sich aber schon sehr genau darüber im Klaren war, was er wollte, für genau diesen alten Kaktus. Er hob ihn vorsichtig hoch, trug ihn hinaus und setzte ihn als pflanzlichen Beifahrer vorne ins geräumige Auto seiner Mutter, wo er ihn sogar vorschriftsmäßig anschnallte. Die Gesichter der Polizisten bei einer Verkehrskontrolle hätte er gerne gesehen!

Unterwegs schaute Karl seinen neuen alten Kaktus immerfort an und wollte, ja konnte es gar nicht richtig glauben. Seine ehemaligen Besitzer hatte er nicht verlassen, ohne ihnen noch ein paar kleine Ableger von verschiedenen seiner anderen Kakteen in Aussicht zu stellen, welche er zunächst in die Erde bringen und nach dem Wurzeln ein paar Wochen später endlich ihnen überreichen würde.

Der alte Kaktus vermochte ebenso wenig zu verstehen, was gerade mit ihm geschah. Er saß in einer von diesen berädertenBlechkisten, die er bereits seit Jahren an seinem Fenster vorüberfahren sah. So wie er übrigens alles immer nur durch sein Fenster beobachtet hatte. Frühling, Sommer, Herbst und Winter, letzteren regelmäßig begleitet von fürchterlich trockener Heizungsluft, hatte er zeitlebens immer an derselben Stelle kommen und gehen sehen. Ihm war nicht bekannt, was Eis und Schnee bedeuten, außer dass der Schnee hell und es daher sehr lustig anzusehen war, wenn er die Landschaft draußen weiß einpuderte. Und wenn es regnete, wurde alles vor seinem Fenster nass, ebenso wenn der Schnee taute. Diesen Zusammenhang verstand er allerdings nicht.

Als die Blechkiste mit den Anschnallgurten, welche bei dem alten Kaktus ein beklemmendes Gefühl hervorriefen, schließlich anhielt, sah es dort auch nicht so viel anders aus als bei ihm zu Hause. Es gab Wiesen, Straßen mit Autos darauf und Bäume und die Sonne schien, was schon mal das Wichtigste war. Nun wurde er erneut angehoben und in einen dunklen Keller transportiert, wo das Gefühl der Beklemmung sogleich in eines der Angst umschlug. Schon bald aber kehrte der Junge zurück und stellte einen großen schönen Tontopf auf den Boden, um nun den alten Kaktus zusammen mit neuer frischer Erde umzupflanzen. Das war herrlich! Danach wurde er schon wieder hochgehoben und eine Treppe emporgetragen, hiernach durch eine ihm unbekannte Wohnung geschleppt und endlich stellte ihn der Junge auf einen Balkon, wo der alte Kaktus erst einmal aus allen dornigen Wolken fiel. Denn viele andere Kakteen standen hier und streckten sich in der Hitze des Sommers; später sollte der alte Kaktus erfahren, dass es sich um etwa hundert weitere Vertreter aus seiner Pflanzenfamilie handelte.

Womit er niemals gerechnet hatte, war nun eingetreten. Er stand an der frischen Luft unter freiem Himmel und dies sogar gemeinsam mit anderen Kakteen. In seiner unmittelbaren Nähe befanden sich nicht nur viele weitere Säulenkakteen, sondern außerdem Kugeln, Ohren- und Blattkakteen sowie kletternde Vertreter, welche sich hilfsbedürftig um hölzerne Schutzgitter rankten.

Wenn auch sehr behutsam, so erinnerte der alte Kaktus sich hier draußen doch schnell wieder an seinen größten Wunsch. Falls er an dieser Stelle etwa eine Weile bleiben könnte und der Himmel sich vielleicht einmal bewölkte, dann würde es eine zumindest kleine Möglichkeit geben, mal wirkliche Regentropfen zu erfahren …

Einige seiner neuen Nachbarn trugen sogar Namen, mit welchem sie sich dem alten Kaktus nicht ohne Stolz vorstellten. Da gab es zum Beispiel den achtzehn Jahre alten Paul und die sechzehn Jahre zählende Elke aus der Familie der Igelkakteen. Bei unsanfter Berührung schmerzten ihre Dornen, ohne jedoch in der Haut stecken zu bleiben. Beide standen dauerhaft nebeneinander und bildeten ein Pärchen schon von Beginn an. Ihre Mutter war mit dreiunddreißig Jahren früher einmal der älteste Kaktus in der Sammlung überhaupt gewesen, bevor sie irgendwann still und in sich gekehrt einfach entschlief. Paul und Elke besaßen mittlerweile ebenfalls ein Kind mit dem Namen Jörg.

In einer trockenen Ecke stand Manfred, den ein Freund gleichen Namens dem kleinen Karl einmal aus Mexiko mitgebracht hatte. Willi war ein kleiner Säulenkaktus, den Karl noch nicht lange sein eigen nannte, der aber wegen seiner üppigen Dornen reichlich frech daherkam und deshalb von Karl umgehend so getauft worden war. Ulrike war eine Opuntie, welche ihm eine Nachbarin in bereits scheintotem Zustande überlassen hatte, der es aber mittlerweile wieder ganz ausgezeichnet ging, und bei Corinna handelte es sich um einen Blattkaktus, den eine Freundin für den kleinen Karl eingepflanzt hatte. Umgekehrt hatte auch Karl ihr schon so manchen Ableger geschenkt, wie es eben unter Pflanzenliebhabern üblich und sinnvoll ist.

Auch über die zahlreichen übrigen Kakteen, welche nicht alle Namen trugen, vermochte Karl später in fast jedem Falle eine eigene Geschichte zu erzählen. Und noch am selben Abend verlieh Karl, der mit seinem neuen alten Kaktus überglücklich war, diesem den Namen Peter und zwar in Anlehnung an den „Dicken Peter", die größte Glocke des Kölner Doms.

Völlig überraschend und ohne dass Peter auch nur das Geringste davon hätte voraussehen können, war sein Leben nun ein vollkommen anderes geworden, er hatte sozusagen seine Freiheit gewonnen. Wenn auch in diesem Sommer, welcher ja irgendwie der erste richtige seines Lebens war, absolute Rekordtemperaturen gemessen wurden und die Sonne gar erbärmlich brannte, so nahm Peter dies trotz mangelnder Freilanderfahrung durchaus gelassen, denn schließlich war er ja Kaktus und da gehörte eine solche Haltung praktisch zur Berufsehre. Des Öfteren stellte Karl zwischen seinen Pflanzen ein Thermometer auf die Erde, um die aktuelle Temperatur genau dort zwischen den Kakteen zu ermitteln. Und da die glühende Sonne nicht nur die Fliesen am Boden, sondern ebenso die Hauswand sowie jeden einzelnen Tontopf erhitzte, so konnte Karl bei völliger Windstille an einem Mittag sogar mal an die siebzig Grad messen. Dies war auf dem Boden des Balkons also wirklich eine glühende Wüstenhitze, in welcher bereits zahlreiche Insekten verendet zwischen den Töpfen lagen.

Nachts kühlte es ab. Die Luftfeuchtigkeit nahm etwas zu und immer mal wieder krochen große und kleine Spinnen auf dem alten Kaktus Peter herum, prüften seine verholzten Triebe für einen möglichen Netzbau und hinterließen beim Weiterziehen regelmäßig Fäden, welche dann am nächsten Morgen in der aufgehenden Sonne tausendfarbig schillerten. Dies allerdings sahen die Menschen nie, weil sie zu dieser frühen Stunde noch in ihren Betten schliefen.

Auch den Wind liebte Peter sehr. Damals auf seiner Fensterbank wurde regelmäßig gelüftet und er stand dabei jedes Mal im Durchzug, was in Ordnung ging. Mit den hier draußen ihn dauerhaft umflüsternden sanften Luftbewegungen war dies jedoch nicht vergleichbar. Hier berührte ihn der Wind von überall her, schien einen zuweilen gar vorsichtig anzuheben, zumindest fühlte Peter sich dann manchmal leichter, als er in Wirklichkeit war.

Und dann, während er sich vom warmen Sonnenwind streicheln ließ und zufrieden vor sich hinträumte, zogen ganz allmählich am Horizont einzelne Wolken auf. Nur wenige waren es zunächst, aber bald wurden es immer mehr, kleinen weißen folgten größere dunkle, bis endlich der eben noch blaue Himmel über Peter durch eine gänzlich geschlossene Wolkendecke nicht mehr zu erkennen war. Dadurch verfärbte sich auch das Licht, die kugelig runden und säulenförmig länglichen Körper der Wüstenpflanzen glänzten nicht mehr so auffällig wie bei direkter Sonneneinstrahlung, was sie allerdings in ihrer Schönheit nicht beeinträchtigen konnte.

Peter war soeben eingenickt, als etwas plötzlich und unerwartet ihn oben an der Spitze seines längsten Triebes kühl berührte, ohne dass jedoch jemand zu sehen war, weshalb Peter es zunächst für eine Sinnestäuschung, einen beginnenden Traum halten musste. Nur einen Augenblick später aber nahm er die gleiche kühle Berührung an seinem kleinsten Trieb wahr, wobei diese nun sogar über einen längeren Teil der linken Seite rutschte. Und nun endlich realisierte Peter, was da vor sich ging: Er war eben gerade von seinem zweiten Regentropfen berührt, sozusagen geküsst worden. Sollte sein innigster Wunsch nun etwa in Erfüllung gehen?

Innerhalb von Sekunden wurden die zärtlich nassen Berührungen mehr und immer mehr, bis Peter schließlich aufhörte, sie zu zählen, zumal das, was zweifelsfrei als Regen auf die Erde und ebenso auf ihn niederprasselte, nun auch akustisch wahrnehmbar wurde, indem es nämlich laut und deutlich platschte und plitschte, dass es eine richtige Freude war. Damit einher ging noch ein seltsam feuchter und modriger Geruch, welcher dadurch hervorgerufen wurde, dass die Erde in all den Blumentöpfen trotz regelmäßiger Wassergaben in der heißen Sonne völlig ausgetrocknet war und nun durch die freundliche Befeuchtung des Himmels sich mit wundervoll erdigem Duft bedankte.

Der alte Kaktus fühlte sich so glücklich wie noch nie in seinem ganzen Leben. Mittlerweile war er wirklich von oben bis unten nass und alle seine Kakteenfreunde um ihn herum freuten sich wie die Kinder. Das Wasser lief an ihren Körpern hinab und blieb an den Dornen hängen, so dass daraus neue Tropfen geboren wurden, in denen sich jedes Mal und immer wieder das Licht brechen konnte. Nachdem so viel Feuchtigkeit in der Erde versickert war, dass diese nichts mehr aufnehmen konnte, bildeten sich zunächst in allen Töpfen Wasserlachen und schließlich lief das Regenwasser nicht nur über den Rand und spülte dabei steinig sandige Erde auf den Boden, sondern ebenso drängte es unten heraus, so dass es ein lustig nasses Durcheinander wurde, in welchem alle Kakteen, ohnehin gerade in ihrer Hauptwachstumszeit, begierig ihren Durst zu stillen bemüht waren, nicht ohne jedoch die Freuden eines Bades zu genießen, welches für die Reinigung ihrer Poren und somit für ihr Wohlbefinden so wichtig war.

Tief befriedigt empfand in gleicher Weise der alte Kaktus. Niemals hatte er sich etwas sehnlicher gewünscht als wirklichen und kühlen Regen. Dadurch, dass ihm dies nun mittels einer äußerst glücklichen Fügung ermöglicht worden war, begann er das Leben in der erfahrenen Gelassenheit seiner herbstlichen Tage noch einmal ganz von vorne zu genießen – wohl wissend, was er in all den Jahren auf seiner Fensterbank versäumt hatte, aber ebenso in dem Bewusstsein, dass auch das Alter noch schöne Tage kennt, wichtige Erfahrungen vermittelt und dem Lebensbejahenden die Welt, wenn auch auf eine andere Art als den Jungen, so doch in ihrer ganzen Schönheit und Wunderlichkeit näher bringt.

Nur wenige Monate nach diesem Regen starb der alte Kaktus. Pilzliche Schädlinge waren, ohne dass er davon Kenntnis besaß, durch seine Wurzeln in die Pflanze eingedrungen und hatten sie von innen zersetzt. Aber er starb in dem Bewusstsein und der Genugtuung, vorher noch die Erfüllung seines allergrößten Traumes erlebt zu haben, nämlich der Erfahrung von wirklichem Regen auf seiner grünen Haut.

Ein Sommer

„Die Leute denken immer, wir wären ein Pärchen", empfing sie ihn, wie so häufig zu jener Zeit, lachend in der Cafeteria der Universität, an der sie beide studierten. Dabei strahlte sie ihn glücklich und unbefangen an, als könnte nichts auf der Welt ihr Schaden zufügen oder ihre Stimmung trüben. So war sie eigentlich immer. Man hätte dies mit Oberflächlichkeit erklären können, aber das wäre nicht der richtige Ansatz gewesen, denn häufig, sehr häufig sollte er sie später in recht nachdenklichem Zustande antreffen. Dazu dachte wiederum er sich nicht so viel, aber dies lag - bei beiden - ganz einfach daran, dass sie jung waren.

Bald verabredeten sie sich. Und da es Sommer war, gingen sie lange Wege spazieren und erzählten stundenlang. Dass sich beide immer so viel zu sagen hatten, stellte einen festen Beweis ihrer innigen Vertrautheit miteinander dar. Einmal lagen sie auf einer Wiese im Park und alles war schön. Ein anderes Mal verließen sie diesen Park, nachdem die Dämmerung bereits in Dunkelheit übergegangen war. Plötzlich hörten sie hinter sich Schritte, die eben noch nicht da gewesen waren. Unwillkürlich gingen sie etwas schneller, als auch die Schritte schneller wurden und sogar immer näher kamen. Da dies über längere Zeit so blieb und es außerdem noch eine Strecke bis zur beleuchteten Straße war, nahm das Gefühl des Unbehagens in ihm zu. Nachdem sie dann endlich die größere Straße erreicht hatten, verschwand das bedrohliche Geräusch hinter ihnen sofort, ohne dass sie sich danach umgedreht oder auch nur darüber gesprochen hätten.

Auch gingen sie gemeinsam ins Freibad, wo sie im Wasser lustig um ihn herumschwamm. Sie besuchten ein David Bowie-Konzert oder tranken ein Bier im Straßencafe. An einem bestimmten Tag der Woche lief nachmittags immer eine Sendung im Fernsehen, in der die neusten internationalen Hits präsentiert wurden und da sie die

Sendung regelmäßig einschaltete, sahen sie sie häufiger zusammen an. Dabei bemühte sie sich einmal, etwas von ihrem Kleiderschrank herunterzuholen. Weil sie aber klein war, bereitete ihr das etwas Mühe und sie musste sich strecken. Um dabei das Gleichgewicht zu wahren, drehte sie ihren linken Fuß vom Körper weg und da sie barfuß war, konnte er beobachten, dass sich dabei auch jeder einzelne ihrer kleinen Zehen mächtig strecken musste. Dies sah schön aus.

Einmal lagen sie am frühen Abend auf ihrem Bett und erzählten. Dabei nannte sie ihn ihren „kleinen Golubchik", das russische Wort für „gerade recht" oder „genau richtig" - oder in dieser Situation wohl eher für „Liebling"? Während ihr Kopf auf seinem rechten Arm lag, schlief sie plötzlich ein. Er konnte ziemlich sicher sein, dass sie ihn nach Hause schicken würde, wenn sie wieder erwachte, daher unternahm er nichts. Es sah sie nur an. Er sah sie an, jeden Winkel ihres Gesichts, jede Pore ihrer Haut und jedes Haar ihrer dunklen Locken. Nach einer Weile vernahm er ein ganz leises Pfeifen, welches man bei ruhigem Atmen erzeugt, wenn die Nase nicht ganz frei ist, etwa bei einer leichten Erkältung. Diesem kleinen Pfeifen lauschte er lange Zeit und sah sie ununterbrochen an, auch wenn ihn dabei allmählich jedes Gefühl in seinem rechten Arm verlies. Lieber aber wollte er sterben, als dass er diesen wundervollen Augenblick unterbrechen - und damit verlieren würde. Erst nach eineinhalb Stunden erwachte sie und richtete sich sogleich auf mit den Worten: „Oh, jetzt muss ich aber ins Bett!" Ganz verschlafen, hatte sie auch dabei noch gelacht, er aber musste sie verlassen.

„Am Anfang hätte ich mir eine Beziehung zwischen uns vorstellen können", sagte sie, als beide mit einem Bier in der Kneipe nahe ihrer Wohnung standen. An diesem Abend trank er, soweit er sich entsinnen konnte, das einzige Mal bewusst mehr, als ratsam gewesen wäre. Denn anschließend würde er natürlich wieder alleine mit seinem Motorroller durch die Nacht nach Hause fahren. Aber heute musste das eben mal sein.

Sie zeigte ihm drei Fotos, die sie selbst von sich gemacht hatte, als es ihr gerade nicht so gut ging. Da sie dies so sagte, empfand er es der Situation als nicht angemessen, sie um eines davon zu bitten. Denn dann hätte er sie für immer bei sich gehabt.

Als der Sommer zu Ende ging, besuchte sie ihn. Sie saß auf seinem Bett und sagte: „Ich habe jemanden kennen gelernt." Und da er dachte, dass man immer mal jemanden kennen lernt und dann aber auch wieder vergisst, antwortete er ihr, er wolle sie trotzdem weiter treffen. Da war sie sehr erleichtert. Und so überließ er ihr, wann sie sich sahen, wo sie sich sahen und wie sie sich sahen. Erst viel später verstand er, dass er dies nur getan hatte, um sie nicht zu verlieren. Und nachdem ihm irgendwann klar geworden war, dass er sie ja schon lange verloren *hatte*, gab es für ihn nichts mehr zu sagen, wirklich nichts. Am Ende machte sie sogar einmal die Bemerkung: „Über unsere eigenen Probleme sind wir nie hinausgekommen." Aber so war es doch nicht, so war es wirklich nicht, denn hatte es nicht überhaupt immer nur ein einziges Problem zwischen ihnen gegeben, wirklich nur ein einziges? Darin hatte doch gerade immer das Schöne gelegen, dass sie sich so gut verstanden hatten und so vertraut miteinander waren.

Und manchmal dachte er auch, dass er vielleicht nicht genug um sie gekämpft hatte.

Das schwarze Haus

Das Haus, das unmittelbar neben seinem neu gebaut worden war, erstarrte ganz in schwarz, sogar die Fenster wirkten wie leblose Augen, die mattschwarz aus ihren Höhlen schauten. Selbst jegliches Grün drum herum durfte nicht diesen Namen tragen, da es schwarz war. Den Betrachter beschlich ein Angstgefühl und er wollte sich abwenden, weil er den Erbauer des Hauses, seinen zukünftigen Nachbarn, ja nicht kannte.

In diesem Augenblick bemerkte er, dass die Dame des Hauses, also seine zukünftige Nachbarin, sich im Garten zu schaffen machte. Bei näherem Hinschauen erschrak er, denn auch sie setzte, ohne ihn zu bemerken, neue Sträucher und Stauden in die Erde, die wiederum alle schwarz waren.

Aber vielleicht wollte sie ihn auch gar nicht bemerken.

Ein deutliches Unbehagen ergriff von ihm Besitz und er überlegte fieberhaft, was jetzt zu tun sei. Weglaufen konnte er nicht, da er schließlich ebenfalls hier wohnte. Dies war seine Heimat und er wollte für immer hier bleiben. Er fühlte sich gleichsam in seinen Grundfesten erschüttert. Also musste er sich anders behelfen und so überlegte er, dass er so schnell wie möglich, wie überhaupt noch möglich, einen Zaun oder etwas Ähnliches errichten musste, um diesem bedrohlichen Anblick zu entkommen. Irgendetwas musste geschehen, aber er war sich noch nicht sicher, was. Er wusste auch noch nicht, ob er an diesem Ort jemals wieder glücklich sein konnte.

Das Moselgrab

Nachdem alle Formalitäten erledigt waren, händigte der Bestatter ihm die Urne aus, in der sich die Asche des Freundes befand und mit der er nun tun oder lassen konnte, was er wollte. Es existierte allerdings durchaus ein letzter Wille. Der verstorbene Freund wünschte, dort begraben zu werden, wo es ihm in seinem Leben immer am besten gefallen hatte. Dies sollte sein gegenüber dem Anbaugebiet der Traube seines Lieblingsweines an der Mosel. Exakt dort sollte seine Urne in den seichten Wellen des Flusses versenkt werden – und damit analog zur ewigen Unruhe und Heimatlosigkeit, in der sich der Verstorbene zeitlebends befunden hatte.

Also trug er die Urne zum Auto und platzierte sie vorsichtig zwischen Fahrersitz und Rückbank auf dem Boden. Dass er auf diese Art einen Menschen beförderte oder jedenfalls das, was von ihm übrig geblieben war, kam ihm während der gesamten Reise äußerst seltsam vor. Und immerhin handelte es sich um Hunderte von Kilometern, die er in Richtung Süden zurücklegen musste. Was, wenn ein Unfall geschähe und die Polizei einen Blick in seinen Wagen werfen würde. Was, wenn er mit einem Motorschaden liegenbliebe? Immer stellte doch die Urne den Mittelpunkt allen Geschehens dar, solange sie nicht dem Fluss übergeben war.

Nach Stunden erreichte er sein Ziel. Aber alles war anders als sonst. Während er früher regelmäßig in wärmeren Jahreszeiten mit dem Freund diesen Ort besucht hatte, um in Ruhe einige Tage zu verbringen und ein Glas Wein zu trinken, war es nun Mitte März. Es gab keine Wärme, keine Touristen, sondern nur einige wenige Bauern, die mit ihren Traktoren zu den Feldern fuhren. Diese sahen eher befremdet zu ihm hinüber, denn es war noch nicht die Zeit für Besuche von außerhalb.

Er aber hatte einen Auftrag auszuführen. Behutsam nahm er die Urne auf, welche in einem Rucksack verstaut war. Dann ging er vorsichtig und nach Art eines Wanderers den Weg bis hin zu der Stelle, die er seit einigen Jahren kannte. Dort nämlich hatte ihm der Freund geschildert, wie er sich nach seinem Ableben alles wünschen würde. Es war noch nicht so lange her. Und dort musste er nun tätig werden.

Er erschrak allerdings. Der Fluss führte nämlich Hochwasser und war an dieser Stelle gar nicht zugänglich. Erst nach einer Weile wurde ihm klar, dass es ja derselbe Fluss war, der ihm seine Wellen nun schon bis zum Rande des Weges entgegenbrachte – nur eben breiter als sonst. Gegenüber am Weinberg konnte er vereinzelt Bauern bei den ersten Arbeiten des erwachenden Jahres beobachten. Und so nahm er ganz vorsichtig die Urne aus seinem Rucksack. Die Urne mit der Asche seines verstorbenen Freundes. Das Gefäß selbst bestand aus einem Material, welches sich im Wasser nach einer Weile auflösen würde. Und so versenkte er es – mit einigen Worten zum Abschied – an genau der Stelle in der Mosel, die ihm aufgetragen worden war. Der Geist des Verstorbenen konnte nun in Wasser und Wein übergehen.

Die Luft war dabei kalt und grau.

Hüsseins Familienglück

Einmal begegnete er seinem guten Bekannten in der Stadt, als er sich gerade auf dem Wege zur Bibliothek befand und jener mit seiner sehr jungen Frau und dem gemeinsamen Baby auf einer Bank verweilte, um dort – in der hektischen Betriebsamkeit ihrer Tage, all ihrer Tage – für eine kleine Weile so etwas wie ein Familienleben zu genießen. Während Hüssein aus Marokko stammte, kam die zierliche, dunkelhaarige und gut aussehende Mutter seines kleinen Sohnes aus Portugal. Beide saßen sie dort in dem noch neuen und für sie ungewohnten Stolz junger Eltern. Es war ein richtiges kleines Glück, welches er in diesem Augenblick zu sehen bekam und welches ihn durchaus ein wenig eifersüchtig stimmte.

Er mochte Hüssein ganz gerne. Dennoch wusste er ziemlich genau, dass dieser seine Familienidylle nicht sehr lange zu genießen im Stande war, sondern irgendwann in den nächsten Jahren seine kleine, brave und ihm offensichtlich sehr zugetane Frau mit einer anderen betrügen würde, mit einem Abenteuer von der Sorte, das vordergründig traute Zweisamkeit in Unglück, Enttäuschung und verletzte Ehre verwandelte. Denn so war nun einmal Hüssein. Solche ruinösen Vertrauensbrüche vollzogen sich häufig von einem Tag zum anderen und die Brücke zum nächsten Tag bildete dann so oft eine schlaflose, von tränenreichen Geständnissen und schmerzlichen Selbsterkenntnissen zerrissene und durchwachte Nacht.

Also saß er einfach da und sah den jungen Eltern ruhig und nachdenklich zu.

Späte Genugtuung

Während er in ein Buch vertieft auf der Terrasse saß und im Hintergrund das friedliche Plätschern des Springbrunnens vernahm, wärmte noch die sommerliche Sonne seinen Rücken, jedoch nicht ohne dabei ihre Strahlen durch den schon kühlen Wind des nahenden Herbstes geschwächt zu sehen. Als er einmal von seiner Lektüre aufschaute, erblickte er seinen Sohn, welcher, tief im kindlichen Spiele versunken, mit mehreren Traktoren auf dem Boden herumliegende Haselnüsse einsammelte und damit die so häufig mit dem Vater auf vielen Feldern beobachtete bäuerliche Ernte der letzten Wochen nachempfand.

Im nächsten Augenblick fand er sich wieder in den Tagen seiner eigenen, längst vergangenen Kindheit. Hatte er nicht gestern erst selbst da unten im Staub gesessen mit Traktoren und Anhängern, die Wagen zum Umkippen schwer beladen mit Sand oder Steinen? Selbst Fahrzeuge, die dem ständigen Gebrauch und der ununterbrochenen Arbeit zum Opfer gefallen waren, behielten als Unfall- oder Schrottautos ihren nicht zu unterschätzenden Wert. Tagelang wurde damals von morgens bis abends beladen, gefahren, entleert und immer wieder von neuem beladen. Als Junge pflegte er dabei vollständig in seiner Illusion zu versinken und schließlich sogar gänzlich den Bezug zur Realität zu verlieren. Entfernte Geräusche nahm er dann nur in Ansätzen wahr oder am liebsten gar nicht. Nächtlicher Regen vermochte den am Abend wirklichkeitsnah belassenen Fuhrpark vollständig zu verändern, da die Fahrzeuge nun mit Schmutz übersät und in nasser Erde teilweise eingesunken auf ihren Plätzen standen, wodurch sich für ihren Besitzer am nächsten Morgen gänzlich neue Spielperspektiven eröffneten.

Dieselbe Versunkenheit lebte sein Sohn nun gerade neben ihm auf dem Boden. Störungen oder gar Zerstörungen konnte diese kleine Welt im Grunde lediglich durch

Erwachsene erfahren. So etwas wie erzwungenes Aufräumen im nicht nachvollziehbaren Sinne elterlicher Ordnung vernichtet schnell den Traum und das Glück ganzer Tage. Wenn nämlich die mühsam errichtete Garage mal eben schnell abgebaut werden musste, weil etwa die dafür auserkorene Stelle für eine Überdachung plötzlich von den Erwachsenen benötigt wurde, hatte dies für den Vater damals regelmäßig das Zusammenwirken gleich mehrerer Katastrophen bedeutet, von denen er als Kind keine zu verhindern in der Lage war. Dies waren schwere Zeiten und enorme Belastungen auch schon für ein kindliches Gemüt gewesen, so dass er das gänzlich ungestörte, glücklich versunkene, spielerische Treiben seines Sohnes Jahrzehnte danach für sich als späte Genugtuung empfand.

Robbies Gedanken

In letzter Zeit stellte sich Robbie immer häufiger und auch immer dringlicher die Frage, warum er eigentlich wann über welche Straße ging oder was die Zeit bedeutete, die vorüberflog, während er zum Beispiel einen ganzen Tag auf seiner Arbeitsstelle zubrachte. War diese Zeit im Grunde nicht für immer verloren, bedeutete ein Arbeitstag nicht eine extreme Beschneidung seiner Lebensdauer im Ganzen?

Als Kind hatte er abends häufig in seinem Bett gelegen und vor dem Einschlafen zur Tür geschaut, welche sein Schlafzimmer von der Küche trennte. Durch einen schmalen Spalt fiel damals immer ein Streifen Licht in das dunkle Zimmer. Diese letzte Helligkeit des nahezu vergangenen Tages war ihm zusammen mit leisen Geräuschen, die seine Mutter in der Küche beim Aufräumen verursachte, eine kleine Sonne, welche Wärme spendete und Vertrauen durch die Anwesenheit der Mutter nebenan. Aufgrund dieser angenehmen Erinnerung war er im reiferen Alter sogar noch einmal dazu übergegangen, abends seine Schlafzimmertür einen Spalt weit geöffnet zu lassen, um so erneut das Gefühl intensiver Geborgenheit zu erhalten, welches ihm nun seine eigene Familie sicherte, das heißt sein im Nebenzimmer schlafender kleiner Sohn und seine Frau, die in der Regel etwas länger vor dem Fernseher entspannte.

Auch hier wusste Robbie überhaupt nicht, in welcher Verhältnismäßigkeit diese neuerliche Gewohnheit zu der Erinnerung aus Kindertagen stand. Er dachte oft darüber nach, konnte aber weder seine Gefühle wirklich verstehen noch fand er eine Möglichkeit, diese Unklarheit bezüglich seiner Gefühle in Worte zu fassen. Er verspürte dabei keinerlei Bereitschaft, sich mit der Oberflächlichkeit anderer Menschen zufrieden zu geben, die vermutlich solche Fragen nie stellten. Zumindest war er bei den wenigen Gelegenheiten, in denen er anderen einmal angedeutet hatte, was ihn gerade umtrieb, nur auf

Unverständnis gestoßen, so dass er dies bald als sinnlos erkannte und unterließ.

Perspektivisch vermutete Robbie durch solcherlei Gedanken ein allmähliches Entfernen von der Wirklichkeit, was ihm einerseits sowieso jederzeit recht war, weil er die Realität, in der er lebte, nicht mochte. Andererseits jedoch fürchtete er in seiner Sensibilität auch zunehmend ein Aufkommen von Zukunftssorgen, gar Lebensangst, begleitet von sporadisch auftretenden und äußerst beklemmenden Angstgefühlen. Vielleicht war das neulich nachts sogar eine leichte Atemnot gewesen, die er beim Aufwachen glaubte verspürt zu haben. Er war sich nicht einmal sicher, ob dies alles wirklich geschah oder ob es sich vielleicht nur um einen Traum handelte, aus dem er irgendwann ziemlich irritiert erwachen würde. Die Grenzen zwischen Realität und Einbildung schienen durchlässiger zu werden.

Sinnfragen wie die nach der Bedeutung des Lebens, einer Blume oder anderer Erscheinungen dieser Welt hatten sich schon andere Menschen vor ihm und vor seiner Zeit gestellt, dabei handelte es sich also nicht um neue Aspekte des Denkens. Religiöse Antworten und Scheindeutungen, die keine waren, kamen für ihn ohnehin nicht in Frage. So bot sich mit anderen Worten keinerlei Lösungsansatz und Robbie wurde unausgefüllter und nachdenklicher von Tag zu Tag. Während die Jahre vergingen, kam nach und nach auch die eine oder andere körperliche Unzulänglichkeit hinzu, die man Krankheit nennt und welche Robbie noch mehr vor Augen führte, dass seine Anwesenheit auf dieser Erde nur von begrenzter Dauer sein würde, seine Zeit somit nicht unendlich währen konnte. Damit wuchs der Wunsch auf eine Antwort all seiner Fragen, jedoch ohne jede Aussicht auf Lösung.

So sehr er sich auch bemühte - Robbie fand tatsächlich niemals eine Antwort. Die Medizin hatte zwar ihrerseits Möglichkeiten entdeckt, vielerlei Krankheiten zu heilen, so dass der Alterungsprozess in vielen Fällen deutlich nach hinten verschoben wurde und damit die zur Verfügung stehende Zeit zu leben, zu wirken und sein Leben und Wirken zu reflektieren, zwar mehr wurde. Aber Robbie gelang es nie, all seine Gedanken, die im Grunde ja gar nicht allein seine waren, zu klären. Vielmehr blieb ihm nur die Möglichkeit, sein Leben zu genießen und vielleicht dies mit Freude zu tun, Jahr für Jahr, Sommer für Sommer an sich vorüberziehen zu sehen, ohne auch nur den geringsten Einfluss darauf nehmen zu können. Niemals aber war er bereit, alles einfach so hinzunehmen und also zu resignieren. Die Frage nach dem Warum beschäftigte ihn immer weiter, ihn quälte immer weiter der Hunger auf der Welt sowie das Elend der Armen und Obdachlosen auch in seiner Stadt. Er hörte auch als älterer Mann nie auf, nach den Schuldigen zu fragen für Kriege und all die toten Soldaten, die sich damit verbanden und die nur nicht dazu gekommen waren, über den Sinn ihres Tuns nachzudenken, weil ihnen oberflächliche Dinge wie Stolz oder Nationalgefühl einfach wichtiger erschienen. Dennoch waren sie in Robbies Augen grundsätzlich nicht schuldig, denn sie wussten es nicht besser, daher konnte man sie nicht verurteilen.

Wenn es keine Antwort gab, zumindest sie einem einfachen Menschen nicht zugänglich war, so blieb zumindest die Möglichkeit, Teilerfolge anzustreben. Und diese lagen darin, anderen Menschen Hilfe zukommen zu lassen, wenn sie Hilfe benötigten. Ebenso musste den Tieren als zu respektierenden Wesen Gerechtigkeit widerfahren, wo immer machbar. Schließlich begann Robbie, sein Interesse auch mehr als früher den Pflanzen zuzuwenden, eine tiefe und innige Zuneigung entwickelte er, die man sehr wohl als Liebe bezeichnen konnte. Denn wenn er einmal nicht mehr da sein sollte, dann wünschte er sich, dass von ihm etwas übrig bleiben sollte im Diesseits, dass vielleicht der Anblick eines schönen Kaktus die Erinnerung an ihn wachhalten möge. Mehr konnte man sich vermutlich gar nicht wünschen, das war ihm schließlich klar geworden.

Ein wenig von Krankheit gezeichnet, ein wenig rundlicher um die Hüften, ein wenig vom im Barrique gelagerten spanischen Rotwein benebelt, jedoch im Wesentlichen zufrieden, starb Robbie im hohen Alter an einem Nachmittag, an dem gerade ein Sommergewitter niederging, so dass er die wunderschöne Kühle, die ein solcher Regen mit sich bringt, gerade noch empfinden konnte. Und er starb mit dem Vorsatz, weiter nachzudenken über die Zeit, den Sommerwind und die Schönheit des Lebens – seines Lebens.

Der Weg durch die Felder

Jeden Morgen befuhr er mit seinem großen komfortablen Wagen eine ruhige Landstraße, die ihn an Wäldern vorbei und durch entlegene Felder führte. Wenn im Sommer zwei Äcker zu seiner Linken und zwei zu seiner Rechten mit unterschiedlichen Getreidesorten dem Tag ihrer Ernte entgegensahen, dann hatte er über Wochen die Möglichkeit, den jeweiligen Reifegrad der Ähren im langsamen Vorbeigleiten mitzuverfolgen, wovon er gerne ausführlich Gebrauch machte, auch weil ihn dies gedanklich immer zurück zu weit entfernten Kindheitstagen in seinem früheren Dorf brachte.

Auf dieser Straße nun existierte eine äußerst enge Kurve. Sie führte an einer langen und steilen Hofmauer vorbei, welche uralt war und vollkommen unübersichtlich verlief und an welcher er auch vor Jahren schon mal einen Autounfall beobachtet hatte, dessen genaue Ursache er sich nicht hatte erklären können.

Häufig, vielleicht sollte man sogar sagen: in gewisser Regelmäßigkeit stellte er sich, während er am Morgen auf seinem verschlafenen Weg zur Arbeit die Felder durchfuhr, etwas vor. Er malte sich nämlich aus, dass gleich hier oder noch ein kleines Stück weiter dort vorne durch einen unglücklichen Zufall, eine schnelle Unachtsamkeit seinerseits oder eines entgegenkommenden Fahrzeuges etwa auf regennasser Straße für ihn der Schlusspunkt gesetzt werden könnte. Dass also im allernächsten Augenblick, nachdem er eben noch seinem schlafenden kleinen Sohn einen liebevollen und seiner Frau einen, wie immer, viel zu flüchtigen Abschiedskuss gegeben hatte – dass plötzlich ein dumpfer Knall seinem Leben, all seinen Hoffnungen, Wünschen und Träumen ein jähes Ende setzen und somit alles für ihn einfach vorbei und weg sein könnte. Und das Letzte, was er von dieser Welt wahrnehmen dürfte, würde dieser blecherne Knall sein, gefolgt von absoluter

Dunkelheit sowie unendlicher, ihn in einen tiefen Abgrund ziehender Müdigkeit. Danach nichts mehr.

Je öfter er diesen landschaftlich so schönen Weg entlangfuhr, desto häufiger drängte sich ihm diese Ahnung auf.

Stimmenzauber

Obgleich Sebastian ein großer Musikliebhaber war, hatte er doch zeitlebens keinerlei Verständnis aufbringen können für das seiner Ansicht nach angestrengt künstliche Gezwitscher und Getriller, welches beim klassischen Gesang, beim Vortrag einer Arie gegeben wurde. Dieses Bewegen der Stimme in den höchstmöglichen Tönen hatte schließlich absolut nichts zu tun mit dem normalen Leben, als dessen Spiegel sich doch immer die Kunst darstellen sollte.

Eines schönen Sommertages nun saß Sebastian im warmen Wind, den Kopf bei geschlossenen Augen zeitweise leicht zurückgelehnt und im Zustande völliger Entspannung, auf einer Bank im Salzburger Mirabellpark unmittelbar neben dem angrenzenden Mozarteum. Plötzlich vernahm er eine weibliche Stimme, welche eine bestimmte sehr hohe Tonfolge sang und diese, häufiger mit leichten Variationen versehen, im Grunde immer und immer wiederholte.

Also saß Sebastian und hörte. Er hörte immer wieder dieselbe gesungene Melodie, zunächst mit dem natürlichen und gewohnten Befremden, dann jedoch mehr und mehr mit zunehmendem Erwärmen. Schließlich blickte er hinüber zu einem der zahlreichen kleinen Fenster des Mozarteums, von denen eines sogar geöffnet war. Er stellte sich vor, dass ebendort, vielleicht gerade hinter diesem Fenster eine nette junge Frau stünde mit sicherlich langen dunklen Haaren. Diese Frau nun versuchte in genau diesem Augenblick, eine bestimmte, ihr vorgegebene Melodie immer und immer wieder zu singen, wobei ihr genau die Fehler unterliefen, welche er dort auf seiner Bank im Park herauszuhören glaubte. Diese junge Frau ging vielleicht, ja bestimmt sogar, im Sommer wie im Winter regelmäßig ins Mozarteum, um Gesangsstücke einzuüben, Melodien unterschiedlichster Natur, in ständigem Bestreben, sie irgendwann einmal vollends, am Ende gar meisterhaft zu beherrschen. Und diese junge Frau besaß ein Privatleben mit Freuden und Kummer wie andere Menschen ebenfalls, belastet mit Geldsorgen, Beziehungsproblemen oder Zukunftsängsten. Sie ging hier ihrer Beschäftigung nach und in einer Weile vielleicht durch genau diesen Park an ihrem Zuhörer vorbei nach Hause mit dem Wunsch, möglichst schnell möglichst weit weg zu sein von ihren Mozart-Gesängen und ihren Arien. Dadurch, dass sie also in gewisser Weise nichts anderes tat als ihre Arbeit, die Kunst war, vergegenwärtigte sich für Sebastian sozusagen der Sinn des klassischen Gesanges, die Botschaft einer Arie für den Musikliebhaber – auch oder gerade eben in der heutigen schnelllebigen Zeit.

Fasziniert lauschend schaute er vor sich hin, die Augen tunlichst weiter geschlossen haltend, während die unbekannte Schöne durch ihren Gesang mehr und mehr von ihm Besitz ergriff.

Dreizehn Kühe in fünfunddreißig Jahren

Auf seiner bayerischen Terrasse sitzend, hörte Tim allabendlich die Kuhglocken der nahegelegenen Weide – so wie der Stadtmensch eben die Autos an seinem Balkon vorüberfahren hört. Später hatte er sogar Gelegenheit, einen Landwirt dabei zu beobachten, wie dieser zur Weide ging, um seine Kühe in den Stall zu treiben. Der Bauer tat dies mit der ihm eigenen Gemütlichkeit, in welcher er wohl durch sein ganzes Leben schritt, und indem er behutsam mit einem Zweig die hinterste und langsamste der sich mit übervollen und drückenden Eutern in Richtung Stall schleppenden Kühe immer mal wieder sanft auf das braunweiß gefleckte Hinterteil schlug.

Beim Durchzählen kam Tim auf dreizehn Kühe. Diese Zahl entsprach zu seiner Überraschung exakt derjenigen einer Kuhherde, welche dem Bauern im Dorf seiner Kindheit gehört hatte und die ebenfalls jeden Spätnachmittag im Sommer bei notdürftigster Absperrung über die Straße in den Stall zurückgetrieben wurde. Wenn die Kühe, sogar in derselben Anzahl, heute noch genauso angetrieben wurden wie damals, wenn sie noch genauso langsam über die Straße trotteten, konnte sich von daher in den vergangenen fünfunddreißig Jahren, in all der Zeit seit damals doch eigentlich gar nicht so viel verändert haben.

Oder?

Kleiner Sperling

Besonders im Hochsommer fiel ihm immer das emsige und nervöse Tschilpen der Spatzen auf, welche im Hof zumeist unter dem Dach ihres alten Ziegelsteinhauses wohnten. Natürlich gehörten Vogelkot und Federn vor ihrer Haustür ebenso zum alltäglichen Erscheinungsbild wie ab und an ein nacktes, noch ungefiedertes Spatzenbaby, welches aus seinem warmen Nest in die Tiefe gestürzt und so im Alter von wenigen Tagen bereits zu Tode gekommen war. Dies alles machte damals seinen Sommer aus wie Sonne, Wiesen und Felder.

Einmal in der Woche musste er auch nachmittags zur Schule, weil dann nämlich der ungeliebte Turnunterricht stattfand. Die Tasche mit den nötigen Sachen geschultert, verließ er also wieder einmal das Haus, als er unten auf dem Boden einen kleinen Spatz sitzen sah, der zwar schon sein typisches Federkleid trug, jedoch noch keineswegs in der Lage war zu fliegen und daher völlig verängstigt dreinschaute. Um ihm zu helfen, nahm er ihn vorsichtig auf und trug ihn in den Schuppen, wo er den kleinen Vogel behutsam in eine Pappschachtel setzte. Er war wild entschlossen, ihm beizustehen, und dies bedeutete, sein Überleben zu sichern. Also machte er sich flugs auf die Suche nach dem, was Vögel in der Regel gerne essen, nämlich nach Regenwürmern. Zu finden waren sie in seinem Hof sehr leicht, nämlich unter großen Grasbüscheln, welche er lediglich auszureißen brauchte.

Nachdem er mehrere Würmer herbeigeschafft hatte, legte er diese in einen Behälter und hob mit der linken Hand den Sperling vorsichtig auf. Mit dem rechten Zeigefinger und Daumen öffnete er nun behutsam den Schnabel des Vogels, welcher widerstandslos all dies mit sich geschehen ließ, weil das hilflose Tier, so war er überzeugt, seine fürsorglichen Absichten erkannt hatte. Es gelang ihm, einen, eventuell auch zwei Regenwürmer in den Schnabel hineinzustecken, welche, nachdem der Sperling sie geschluckt hatte, gänzlich in seinem Bäuchlein verschwanden.

Mit dem glücklichen Gefühl, den größten Hunger fürs Erste gestillt zu haben, kletterte der Junge auf sein Fahrrad, verließ den Hof und erledigte in der Schule, was zu erledigen war, immer aber in Gedanken an seinen neuen Zögling, was bei allem Kinderglück über diese Verantwortung auch eine gewisse Sorge, vielleicht sogar Angst bezüglich dessen Zukunft in sich barg. Immerhin würde es eines Tages Herbst und dann Winter sein. Zunächst einmal gehörte dieser Sommer aber ihm und er schaute, endlich wieder zu Hause, natürlich sogleich nach seinem Sperlingsbaby, in der Erwartung, es vielleicht und hoffentlich friedlich schlafend vorzufinden.

Der Vogel aber lag tot in seiner Schachtel und aus seinem Schnabel hing ein Regenwurm. Da er in jener Zeit noch nicht wusste, dass kleine Vögel auch zerkleinerte Würmer essen, war das Tierchen letzten Endes elendig erstickt, als der vollständige und noch lebendige Wurm seinen Weg aus dem kleinen Magen hinaus zum Schnabel gesucht, dies aber ebenfalls nicht überlebt hatte. Für den kleinen Jungen resultierte daraus nicht nur ein denkbar schlechtes Gewissen, sondern auch die Einsicht, dass es nur sehr schwer möglich ist, die Natur in ihrem üblichen Tun zu beeinflussen und ihr Wirken durch Menschenhand zu ersetzen.

Ein Fahrrad gegen die Zeit

Nun fuhr er wieder um den See herum, radelte unter Bäumen her, deren Laub sich schon wieder zu verfärben begann, jagte sein Fahrrad durch Wiesen, welche längst abgegrast und an Feldern vorbei, deren Früchte längst geerntet waren. Sascha war sich dieser Dinge sehr wohl bewusst und er fuhr immer weiter, sorgsam die frische, kühle und gesunde Luft einatmend.

Als Kind waren alle seine Freunde mit dem Fahrrad gefahren, es bedeutete das mit Abstand wichtigste Fortbewegungsmittel und wurde entsprechend geschmückt und verziert mit ausgefallenem Lenker, unechten, aber wilden Tigerschwänzen, farbigen Schleifen und Bändern, gerne auch mit batteriebetriebenen, jämmerlich quäkenden Hupen sowie einem mittels Tachowelle angetriebenen Kilometeranzeiger. Letzterer bildete dabei das Herzstück eines jeden Drahtesels, ein Wunderwerk der Technik, weil er nicht nur relativ kostspielig war, sondern noch dazu ungemein empfindlich. Dafür wurde man jedoch in die Lage versetzt, genau zu definieren, was pro Tag an Kilometern erreicht und also sozusagen an kindlicher Arbeit geleistet worden war. Leider hauchte jedoch die ganz normale tägliche Routine Saschas Tachometer bereits beim Stande von circa zweitausend Kilometern sein allzu schwaches Lebenslicht aus, aber immerhin.

Aus den kleinen Jungen wurden größere, noch nicht ganz junge Männer. So wechselten die Fortbewegungsmittel mit der Zeit, plötzlich standen statt der Fahrräder motorisierte Zweiräder in den elterlichen Garagen der Knaben, wodurch diese ihren Aktionsradius nicht unwesentlich vergrößern konnten. Nur Sascha blieb bei seinem Fahrrad, denn etwas anderes konnte er aus finanziellen Gründen von seinen Eltern nicht erwarten. Und so besuchte er sogar seine ab und an wechselnden Freundinnen mit dem Rad, zumindest soweit dies von der Entfernung her im Bereich des Möglichen lag.

Dann waren die Jugendlichen plötzlich erwachsen und wohnten in fremden Städten. Die Zeit des Tages wurde fortan für den Beruf benötigt, das Fahrradfahren gehörte der Kinderwelt und somit der Vergangenheit an. Ebenso erging es Sascha, welcher sich wie all die anderen Männer und Frauen in seinem Dorf zur Arbeit, zum Einkaufen, zu Freunden und wohin auch immer, wie eben selbstverständlich, mit dem Auto bewegte. Bis er sich an einem freundlichen Septembertage jedoch plötzlich daran erinnerte, wie gerne er als Junge durch seine damals noch so kleine Welt geradelt war. Und er stellte sich die Frage, warum er dies seitdem eigentlich nie mehr getan hatte. Also dauerte es nicht lange, da hatte er sein altes schwarzes Nachkriegsfahrrad aus dem Keller geholt, die Reifen aufgepumpt und ein wenig vom Staub vieler Jahre befreit.

Und schon bald fuhr er wieder durch Wiesen, Felder und Wälder und er stellte fest, dass er es mit derselben Freude tat, mit der er als Junge immer gefahren war. Er kreuzte stundenlang umher, ließ seine Kilometer erneut durch einen Tacho zählen, welcher inzwischen als Fahrrad-Computer bezeichnet wurde. Eines jedoch hatte sich geändert: Sascha musste nun häufig nachdenken, warum er eigentlich fuhr und wohin ihn denn überhaupt sein Fahrrad tragen sollte. Das Wetter wechselte mit bekannter Selbstverständlichkeit immer mal wieder, dabei vergingen die Monate und Jahre, er wurde ab und an mal krank und ebenso wieder gesund, die zweitausend Kilometer der Kinderzeit hatte er schon lange hinter sich gelassen, peilte aber diesbezüglich ohnehin ganz andere Größenordnungen an. Heute besaß er Geld genug zum Leben und noch dazu Interessen, welche ihm seine Zeit niemals zu lang werden ließen. Das Leben hatte ihm sogar eine Familie gegönnt, wobei das Wundervollste die Tatsache war, dass sein kleiner Sohn mittlerweile mit seinem eigenen kleinen und lustig farbenfrohen

Kinderfahrrad hinter ihm her- beziehungsweise viel lieber vorfuhr, so dass Sascha seinen zeitlichen Schnitt nun nicht mehr zu realisieren vermochte. Aber wenn er auch in den ersten Jahren noch auf das Kind Rücksicht nehmen musste, so würde sein Sohn ihm viel zu bald davonziehen und seinerseits dem alternden Vater gegenüber die gleiche Rücksicht aufbringen müssen.

Eventuell lag in diesem Punkt, dem Faktor Zeit nämlich, jener Vergänglichkeit des Daseins, welche Sascha in anderen Situationen seines Lebens schon hinreichend vor Augen geführt worden war, der tiefere Grund für seine Überlegungen, um nicht zu sagen: Sorgen, um nicht zu sagen: Ängste. Der Wechsel der Jahreszeiten ging nicht unbemerkt vonstatten und ohne ihn zu berühren, hinterließ jedes vorübergegangene Jahr Spuren an Sascha, sei es durch Lebenserfahrungen im positiven wie im negativen Sinne, welche er im beruflichen wie im privaten Leben machte, machen musste, sei es durch Freunde und Bekannte, die eine Weile an seiner Seite gingen und dann eines Tages plötzlich verschwunden waren, sei es durch immer schneller voranschreitende technische Entwicklungen, welche Sascha in seiner pragmatischen Denkweise durchaus als notwendig und unabdingbar, dafür jedoch keineswegs immer als schön und angenehm begriff - oder sei es einfach durch seine inzwischen wirklich alt gewordenen Eltern.

In welchem Verhältnis stand nun aber das Fahrradfahren zu diesen Dingen? In welchem Verhältnis stand es zu seinem Leben? Bedeutete es Glück für ihn, eine Form von Bereicherung? Während zu Kinderzeiten das Radfahren immer selbstverständlich gewesen war, stellte es heutzutage für die Erwachsenen eine Form von Sport dar. Es wurde gefahren, um in guter körperlicher Verfassung und bei Figur zu bleiben. So etwas galt natürlich auch für Sascha, dennoch war es für ihn mehr, es ermöglichte darüber hinaus einen Akt der Befreiung, analog vielleicht zu einer Aussage seines Vaters, welcher ihm früher einmal erzählt hatte, dass er manchmal mit seinem Wagen auf die Autobahn ginge und einfach so auf dieser entlangführe ohne jeden Grund, Kilometer um Kilometer hinter sich lassend. Sehr häufig, wenn Sascha sich geärgert hatte, stieg er auf sein Fahrrad - welches im Übrigen mittlerweile ein anderes geworden war als das alte schwarze Eisenrad, aber dies sei hier von zweitrangiger Bedeutung. Wenn eine viel zu lange Arbeitswoche endlich vorüber war und das Wochenende, in welcher Form auch immer, so doch erst mal ihm gehörte, wenn er sich belohnen wollte für etwas, wenn die Sonne vom Himmel schien oder es auch manchmal nicht gerade das geeignete Wetter zum Fahren, es aber einfach schon wieder viel zu lange her war seit der letzten Tour, dann stieg Sascha auf sein Fahrrad und fuhr hinaus. Sehr wohl war er sich darüber im Klaren, dass seine Bedenken teilweise begründet lagen in jahreszeitlich bedingter Niedergeschlagenheit, welche bei einem naturverbundenen Menschen, der zum Beispiel mit jeder Pflanze mitwächst und bei ungünstigen Entwicklungsbedingungen für diese entsprechend mitleidet, gleichsam naturbedingt zu Tage treten. Auch bildet Ehrgeiz in seiner reinsten Form, bei Sascha zweifellos vorhanden, einen ständigen Stolperstein auf dem Wege zu innerer Ruhe und Zufriedenheit.

Im Laufe der Jahre verstärkte sich in Sascha der Eindruck, als würden die Nöte und Zwänge in seinem Inneren, unter die ihn seine Außenwelt setzte, zunehmen. Ununterbrochen fühlte er sich auf der Suche nach etwas, zeitweise war ihm gar zumute, als beschneide jemand seinen Raum zu leben, was tendenziell schließlich ohnehin ständig der Fall ist, als schnüre ihm etwa jemand die Luft ab. Finanzielle Miseren hatte Sascha in früheren Jahren ausreichend kennen gelernt, davon musste er nichts hören, diesbezüglich musste er keine Erfahrungen mehr sammeln, um genau zu wissen, in welch existenzbedrohende Schwierigkeiten ein Mensch zum Beispiel durch Banken gebracht werden konnte. Und eventuell lag auch hier ein Grund für seine Ängste, seine hoffentlich unbegründeten Zukunftsängste, dass es ihm und seiner Familie einmal wirklich schlecht gehen könnte, dass sie einmal in eine Situation geraten könnten, wo einem nichts und niemand mehr hilft. Wie schnell so etwas eintreten kann, hatte Sascha bereits am Lebensweg ihm sehr nahe stehender Menschen erfahren. Was galt es also eigentlich, sozial gut gestellt zu sein und ausreichend Geld zu verdienen? Was änderte dies an der unvermeidbaren Tatsache des Älterwerdens, war die Anzahl der geradelten Kilometer hierfür nicht völlig belanglos? Konnte man immer schneller fahren, ohne dass die Zeit dabei verflog? Natürlich nicht und niemals, niemand vermochte die Zeit zu überholen oder auch nur anzuhalten. Mit erschreckender Sicherheit lag in diesem Punkt die endgültige und vollkommen unvermeidbare Lösung: Das Wettrennen gegen die Zeit gewinnt niemand und also vergeht die Zeit, vergehen die Jahre und also kommen die Sorgen, nahen irgendwann Krankheiten, von welchen unter Umständen eine mal so schlimm ist, dass sie kein Arzt mehr zu heilen vermag, dass sie einem langes Siechtum beschert, die Lust zu leben raubt, das Leben am Ende vielleicht sogar nicht mehr lebenswert erscheinen lässt. Und irgendwann, wenn nicht morgen oder nächste Woche, so doch in einigen wenigen Jahren ereilt uns der Tod, so dass zum Glücklichsein vielleicht gar nicht mehr viel Zeit verbleibt. Und das Einzige, was wir uns dann vielleicht wünschen können, ist ein Abschied, der sich, wenn irgend möglich, nicht allzu grausam gestaltet.

Also holte Sascha sein Fahrrad aus dem Keller, pumpte Luft in die Reifen, stellte den Tageszähler des Fahrrad-Computers auf null und fuhr los.

Meine Stadt

Nach geraumer Zeit entschloss ich mich gestern, noch einmal meinen Weg mitten durch die Stadt zu nehmen. Kontinuierlich zunehmender Autoverkehr sowie eine endlose Zahl von Baustellen und Ampeln hatten mir dies längst verleidet.

Und so fuhr ich dann von Bommern kommend über die Ruhrbrücke bergauf am historischen Haus Witten vorbei, ließ zu beiden Seiten prachtvolle alte Villen hinter mir, von denen eine sogar noch die Einschusslöcher des letzten Weltkrieges aufweist und dadurch in schrecklicher Weise an dieses Ereignis gemahnt. Ich glitt erneut bergab in Richtung auf die nach langer Bauzeit endlich fertig gestellte und heute sogar mal gänzlich freie neue Kreuzung Ruhrstraße-Husemannstraße, deren grüne Ampel mich freundlich hinüberwinkte, und passierte die Ruhrstraße, aus der später dann die Hauptstraße wird. Erneut bergauf und vorbei am markanten und von den die Stadt einbettenden Hügeln aus weithin sichtbaren gelben Rathaus ließ ich die uralte Johanniskirche zur Rechten liegen und gelangte schließlich ganz oben zum Marienhospital, um endlich nach links den Crengeldanz hinunterzufahren. Ein bestimmtes Ziel hatte ich da längst nicht mehr.

Und während ich zu musikalischer Untermalung so entspannt abwechselnd mal bergauf, mal bergab rollte, wurde mir endlich bewusst, wie gemütlich klein und überschaubar meine Stadt im Schein der abendlichen Sonnenstrahlen liegt und ja, wie schön es doch eigentlich hier ist – wenn man sich nur die Zeit nimmt, einmal genauer hinzuschauen.

Was bleibt?

Manchmal wächst in mir ein Gedanke, wächst und reift über Stunden hinweg. Parallel dazu entwickelt sich das Bedürfnis, alles niederzuschreiben, um es festzuhalten und nicht, wie so vieles in den Tiefen meiner Gehirnwindungen, wieder zu verlieren. Noch bevor diese Idee also geboren wird, gleichsam das Licht der Welt erblickt, sitze ich mit dem Stift über Papier und reflektiere über das, was in mir vorgeht. Häufig wird mir erst dann bewusst, dass ich nicht die geringste Möglichkeit einer treffenden Formulierung sehe für das, was ich eigentlich festzuhalten wünsche, weil alles viel zu weit entfernt scheint. So also ruhe ich in der vorsichtig zarten Wärme eines noch jungen Sommers im Garten, beobachte die Wolken oben am Himmel und lausche dem hektisch emsigen Treiben der Vögel sowie dem noch kühlen Rauschen des Windes in den mich umgebenden Bäumen.
   Diese Welt könnte eine andere sein. Dafür schmeißen die Menschen Bomben, predigen sinnleer von Kanzeln, demonstrieren und gehen wählen oder aber schreiben Gedichte, jedoch: Es ändert sich nichts wesentlich. Vielmehr wechseln sich regelmäßig wirtschaftliche Niedergänge ab mit Aufschwüngen, Rezessionen mit Hochkonjunkturen in relativ gleichbleibenden Zyklen.
   Wenn ich vorsichtig eine lose Baumrinde vom Stamm trenne, flüchten sofort eine Menge Kleintiere, ihres natürlichen Schutzes beraubt, in alle Richtungen. Sie verdeutlichen mir, dass es im Grunde wohl immer nur darum gehen kann, das Schlimmste wenn nicht zu verhindern, so doch wenigstens niederzuhalten. Daher dürfen wir übrigens bei allem angebrachten Pessimismus niemals gleichgültig und – aus diesem Grunde vielleicht irgendwann erneut – mitschuldig werden.
   Meine Gedanken, Ideen, Träume werden oft tot geboren. Um aber weiterhin in der Lage zu sein, neue zu entwickeln,

bin ich dringend angewiesen auf permanente Abstraktion, Flucht vor dieser Art von Realität, lebe immer gleichzeitig in einer anderen Geschichte. Da sind unsere Kinder, allesamt lachende, glückliche Kinder und wir haben Verantwortung mindestens für sie. Daher dürfen wir niemals aufgeben, nicht den anderen das Spielfeld der Politik, untrennbar verbunden mit unserem Wohlergehen und unserer Zufriedenheit, überlassen.

In den Bäumen genießen die Amseln längst wieder die letzten Sonnenstrahlen des alternden Tages und singen ihr trauriges Lied. Es könnte alles sehr schön sein, hängt vielleicht lediglich von der Perspektive ab. Also suchen wir die unsrige, versuchen wir jeder auf seine Art glücklich zu sein und ein möglichst wohlschmeckendes Stück vom Kuchen des Lebens zu ergattern, bevor er ungenießbar vor uns auf dem Tisch liegt – ohne allerdings zu vergessen, dass für viele Menschen nicht einmal ein kleines Stück davon abfällt. Die Nacht, welche nun auf diesen Tag folgt, wird schon bald wieder einem neuen Tag weichen. Und wir alle, manche mehr, die meisten weitaus weniger, beobachten, nehmen teil an der Zeit, um am Ende dann doch klanglos zu vergehen.

Also was bleibt?

Abschied von meinem Vater

Wie immer man das Geburtsdatum meines Vaters notiert, dürfte es mit der ansteigenden Zahlenfolge 1-1-1-2-2 wohl eines der Daten sein, die sich am leichtesten in der Erinnerung festsetzen: der 11. Januar 1922 nämlich.

Das ist lange her und nun liegt er neben mir auf seinem Sterbebett. Sein Aortenbogen ist mit Blut gefüllt, stark verdickt und bereits eingeblutet in die Umgebung: ein Aneurysma. Bei einem nach Auskunft der Ärzte stündlich, täglich oder wöchentlich zu erwartenden Durchbruch verblutet der Patient nach innen, die Sauerstoffzufuhr zum Gehirn wird unterbrochen, innerhalb von Minuten kommt es zur Ohnmacht und unmittelbar darauf zum Tode.

Zusätzlich befindet sich ein durch Bakterien verursachter Entzündungsherd im Körper meines Vaters, welcher noch nicht lokalisiert werden konnte und ein Dahinsiechen bei hohem Fieber bewirken würde, was wiederum nur durch massive Verabreichung von Antibiotika verhindert werden kann. Diese verursachen jedoch Nebenwirkungen zum Beispiel durch Schädigung der Organe bis hin zu deren Versagen. Somit stehen also die Mediziner mit dem Rücken zur Wand und wir sind an einem Punkt angelangt, an dem die Arbeit einer Krankenschwester wichtiger wird als diejenige des Arztes. Letzterer hat nämlich im Grunde seine Aufgabe erledigt und so bleibt am Ende nur noch der Krankenschwester überlassen, ob sie den Patienten bei der Nahrungsaufnahme unterstützt oder das Fenster für ihn öffnet, damit er die geliebte und so dringend ersehnte frische Luft noch mal mit schweren, zuckenden Atemzügen genießen kann. Es sind dies zuletzt die wichtigsten Dinge für einen Sterbenden in seinem Leben.

Da angesichts potentiell zu erwartender Schmerzen zusätzlich kleine Morphiumdosen verordnet wurden, ist es somit ein durchaus angenehmes Ende, welchem mein Vater – wenn auch mit geschlossenen Augen immer schwächer werdend – entgegensieht. Er liegt dort wie schlafend und seine zeitweiligen Versuche, sich zu artikulieren, gelingen immer seltener.

Im Alter von siebzehn Jahren hat sich mein Vater zu Beginn des Krieges freiwillig gemeldet – vielleicht weil Hitler, den er mal erlebt hat, in seiner demagogischen Art ihm als jugendlich unreifem Menschen allzu sehr imponiert hat. In seiner Eigenschaft als Soldat durfte er dann auch nach Russland, später Frankreich, und von dort aus wurde er als Fallschirmspringer auf Sizilien abgesetzt, ohne jedoch den Grund für diesen Einsatz zu erfahren. Vor Ort erlebte er dann vor allem eines, dass nämlich die Deutschen morgens nach dem Appell versuchten, ihre – zum Ende des Krieges mittlerweile wieder mit Holzkohle angetriebenen! – Fahrzeuge in Betrieb zu nehmen, dies allerdings gründlich misslang und die Franzosen daran ihren Spaß hatten. Damals wurde dem freiwilligen Soldaten Verschiedenes bewusst, zumal die eigenen Leute noch nicht einmal mehr vernünftige Gewehre besaßen, hingegen lagen vor der Küste Siziliens die Engländer mit ihren Kriegsschiffen. Und so musste mein Vater sich ehrlich fragen: „Was sollen wir denn eigentlich hier?" und er ahnte: „Das konnte nicht gut gehen diesmal." Erst sehr viel später habe er mal gelesen und erkannt: „Wir sollten die Invasion aufhalten."
Nun, das mit dem Aufhalten der Invasion gelang nicht ganz. Stattdessen wurde mein Vater von den Amerikanern gefangen genommen, in die USA verschifft und dort von New York nach Baltimore transportiert. Zurück aus seiner Gefangenschaft kam er erst sehr spät, aber wie viele sind nie zurückgekommen?
Sein Elternhaus in der Aachener Gegend erreichte er nach seiner Entlassung an einem Vormittag. Dort traf er seinen Bruder an, mit dem er sich vor Jahren bereits überworfen und von welchem er sich daher noch nicht einmal verabschiedet hatte, als er in den Krieg musste. Und in den

Krieg zu müssen bedeutet doch zunächst einmal, nicht lebend zurückzukehren ...

Nun war er also wieder da und traf in der Küche auf seinen Bruder. Dieser sagte kein Wort, sondern bot dem Heimgekehrten lediglich in stummer Haltung eine Zigarette an – ein klassisch männlicher Habitus, den man heute nur noch aus alten Filmen kennt: Soeben liegt der Zweite Weltkrieg hinter uns, der Führer und seine Gefolgsleute haben sich schändlich vor ihrer Verantwortung gedrückt und Deutschland liegt in Trümmern – aber gesprochen wird erst mal nicht. Andererseits: worüber auch? Also wird geraucht und dann ist man sich wieder gut.

In der Folgezeit ergriff mein Vater den Beruf des Gynäkologen. Nebenbei beherrschte er sieben Sprachen, in Englisch brachte er es bis zum Dolmetscher. Er widmete einen Großteil seines Lebens dem Lernen und der Bildung, den schönen Dingen dieser Welt. Nur ein guter Vater, das wurde er nicht. Er kannte zu viele Frauen und zeugte zu viele Kinder, tat im Leben immer nur das, was er wollte, und sah von dem vielen Geld, das er verdiente, durch Unterhaltsklagen und Abfindungen nur einen Bruchteil.

Ich musste ohne ihn erwachsen werden. Irgendwann später fanden wir dann doch noch zusammen und er war mir fortan ein immer besorgter, verständnisvoller und weiser Begleiter, von dem ich in häufig schwierigen Lebenssituationen Trost, Zuspruch und Rat erfuhr wie von niemandem sonst. Und aus diesem Grunde ist mein Vater heute für mich trotz all seiner Fehler wenn schon kein Engel, so letzten Endes doch – ein Held.

Und als Held liegt er nun sterbend. Die Worte „Da ist ein Zucken im Leib" vermochte er noch eben über die Lippen zu bringen. Die ihn wundervoll umsorgende Schwester vermutet, dies läge an dem sich im Brustraum verteilenden Blut. Und noch in benommenem Zustande ist mein Vater, der alte Arzt, bemüht, sich selber den Puls zu fühlen, und wird bald sogar diagnostizieren, er habe, da ihm das Greifen nicht mehr möglich und er sich desorientiert fühlt, einen Schlaganfall erlitten, was jedoch nicht den Tatsachen entspricht.

Es werden seine letzten Diagnosen sein. Er wird den heftig fallenden Schnee draußen nicht mehr erleben, er wird nie mehr seinen Moselwein trinken und Spargel essen oder seine Kakteen pflegen – Dinge, welche er doch so sehr geliebt hat. In dieser Beziehung wird er mir immer Vorbild bleiben.

Es ist eine seltsame Nacht, diese Nacht vom 1. auf den 2. März, in welcher der Wind eisig an den Läden rüttelt, als wollte er meinen Vater mahnen: „Nun komm endlich mit." Jener aber registriert mit Beruhigung, dass ich die ganze Zeit bei ihm bin, und nennt noch einige Male meinen Namen.

Demnächst wieder zu Hause mit einem Buch und einer Tasse Tee auf der Couch, wird mich, da inzwischen schon wieder einige Zeit vergangen seit dem letzten Male, eine innere Stimme auffordern, bald wieder mal meinen Vater anzurufen. Es sei an der Zeit, die nächste Unterhaltung mit ihm über Literatur oder ähnlich schöne Dinge zu führen, wie wir es in der Vergangenheit regelmäßig gehalten haben und wo ich mir oft gewünscht habe, ihm jetzt, bei einem Glas Wein vielleicht, gegenüberzusitzen.

Ein plötzliches Gefühl kalter Leere riss mich unsanft aus dieser Vorstellung heraus und verdeutlichte mir im nächsten Augenblick, dass wir solche Unterhaltungen fortan nie mehr würden führen können. Und so ist das, was von meinem Vater hier auf dem Sterbebett liegt und immer noch ständig bemüht ist, durch Fühlen des Pulses oder behutsames Abklopfen der Bauchgegend Selbstdiagnosen zu stellen, der letzte Eindruck von einem ästhetischen Menschen.

Nun sitze ich in dieser Nacht neben ihm und lese Erzählungen von Thomas Mann, eine Neuerscheinung und außerdem das letzte Buch, das mein Vater in seinem Leben sehen und berühren wird. Dabei behalte ich ihn im Seitenblick dauernd im Auge, dessen stoßende Atemgeräusche sich mit dem ununterbrochenen Glucksen der Sauerstoffmaschine vermengen und dadurch jene merkwürdige Krankenzimmeratmospäre bilden zu einem Zeitpunkt unseres Lebens, an dem nichts mehr hilft als einfach nur noch da zu sein. Erst vor einigen Tagen hatte mein Vater mir gegenüber geäußert: „Du kennst die Nächte nicht, in denen man da liegt und auf den Tod wartet." Womit er nicht etwa eine Besinnung auf die Vergangenheit oder Angst vor dem meinte, was auf den Tod folgen könnte, sondern er sorgte sich vielmehr um die Zeit *bis* zu seinem Ende.

Und plötzlich, als in den frühen Morgenstunden ich mich mit der Krankenschwester über ihn beuge, schlägt er die Augen auf und blickt in einer wachen Minute erst die Krankenschwester und dann mich an aus eigentlich recht schönen Augen, mit einem Gefühl zunächst der Überraschung und dann der Freude. Und dies ist unendlich viel mehr als ein Dank für an seinem Bett durchwachte Nächte.

Erste Liebe

Mädchen mögen es nicht unbedingt, wenn die Jungen ihnen mit großem Getue und Gehabe entgegentreten, wenn sie allzu laut sind und übertrieben daherkommen. Ihnen liegt normalerweise ein ruhiger, zurückhaltender Charakter näher, welcher sich darstellt nicht durch lautes Rufen und Toben, sondern vielmehr durch stilles Nachdenken sowie vielleicht eine zurückgezogene Form der Ästhetik, soweit diese in kindlichen Jahren sich auszuprägen beginnt.

So kam es, dass der Lehrer in seiner Klasse von neunjährigen Schülern wieder einmal die Notwendigkeit zum Ändern der Sitzordnung sah und daher einen Platz mit einem ruhigeren Schüler besetzen wollte, der umringt lag von solchen mit Schülerinnen – gleichsam ein Hahn im Korb wurde gesucht und als der einerseits strenge, andererseits aber auch äußerst gutmütige Lehrer die Mädchen zwischen mehreren Namen ihre Wahl treffen ließ, unter denen sich auch der seinige befand, riefen alle wie aus einem Munde nach ihm. Da auch schon für einen kleinen Jungen Anerkennung beim weiblichen Geschlecht eine gewisse Bedeutung besitzt, wechselte er also erfreut und mit Stolz in jene Mädchenecke, in welcher es natürlich wesentlich friedlicher und gesitteter zuging als in der mit überwiegend Jungen besetzten anderen Ecke der Klasse. Seine frühe Schülerwelt war also wieder einmal ganz in Ordnung.

Und dies nicht nur der lieblichen Mädchenstimmen wegen. In eben jener Runde saß nämlich auch sein erster Schwarm, seine kleine Angebetete, der er mit erwachend zärtlichen Gefühlen zugetan war, welche für sich zu ordnen er damals jedoch noch längst nicht in der Lage war. Das Mädchen trug einen recht seltenen Namen und langes, zu Zöpfen geflochtenes Haar, war sehr zierlich gebaut und rief vielleicht in seinem Unterbewusstsein so etwas wie eine Beschützerrolle wach. Fortan gewannen die Tage, die morgens mit der ersten Schulstunde begannen, zunehmend an süßer Bedeutung, der Alltag in der Klasse drehte sich für ihn in erster Linie um freundliche Worte zwischen beiden, auf seiner Seite mit der Hoffnung verknüpft, ab und an ein Lächeln von ihr zu erhaschen. Nach mehr verlangte doch seine Kinderseele noch nicht. Ihr wirklich und wahrhaftig nahe zu sein, lag ihm fern, es gab keine Worte für das, was ihn bewegte. Alles war neu und platonisch.

Räumlich versuchte er wohl einmal, sich ihr sozusagen aus informativen Gründen zu nähern, indem er nämlich in den Sommerferien frühmorgens gegen sechs Uhr durch das heimische Küchenfenster kletterte, wie er es ohnehin gerne und regelmäßig tat, wenn alle anderen aus der Familie noch schliefen. Dann holte er sein Fahrrad aus dem Schuppen und fuhr stundenlang durch Felder und Wiesen. Heute aber sollte ihn seine Reise in jenes Nachbardorf führen, wo das Haus ihrer Eltern lag. Ihre Adresse war ihm über ihre Hefte und Bücher, welche er in der Schule ja täglich vor sich ausgebreitet sah, selbstverständlich längst bekannt. Als er nach einer ganzen Weile schließlich abgestrampelt mit seinem Fahrrad vor ihrem Hause stand, war es immer noch sehr früh, niemand sonst bevölkerte die Straßen. So stand er dort und stellte sich vor, wie sie jetzt wohl gerade in ihrem Bett lag und schlief. Dann erst fuhr er langsam nach Hause zurück.

Man könnte nun denken, dass ein Kinderherz doch noch sehr unschuldig und diese Geschichte von daher eine gänzlich harmlose sei. Dem war jedoch nicht so. Sein tiefes Gefühl für dieses Mädchen war vorhanden und nahm im Laufe der Zeit, dem Verstreichen von Sommer, Herbst und Winter immer mehr zu. Und eben darin, nämlich im Vergehen der Jahreszeiten und damit des Schuljahres, lagen all seine Not und Bedrängnis: Nach den großen Ferien würde es nämlich ein neues Schuljahr geben und zu diesem würden dann alle Kinder auf unterschiedliche, weiterführende Schulen verteilt werden. Dabei stand schon jetzt fest, dass seine Schule nicht dieselbe wie die des zierlichen Mädchens sein würde, dass sie sich also nicht mehr wiedersehen, ihre kleine Beziehung somit beendet sein würde, noch bevor sie eigentlich begonnen hatte, unwiderruflich und für immer. Dies bedrückte ihn zunehmend, denn nicht zuletzt hegte er den tiefen und ehrlichen Wunsch, ihr irgendwann seine zarte Zuneigung, welche er für sie und doch nur für sie empfand, offiziell zu gestehen. Was aber konnte er tun?

Schon seit geraumer Zeit wusste er, dass sie etwas eifrig sammelte. Sie sammelte nämlich „Patronenkügelchen", also jene kleinen Kugeln, welche sich am vorderen Verschluss der Füllerpatronen befinden und beim Einführen in den Füllfederhalter in die Patrone hineingedrückt werden, wodurch nun die Patrone geöffnet ist und die Tinte, während des Schreibvorgangs regelmäßig und bei Bedarf nachlaufend, das Papier zeichnen kann. Der Abschluss des Schuljahres, von den Schulkameraden allgemein und dringend herbeigesehnt, stellte für ihn das Ende dar. Das Ende nämlich ihrer kleinen, von ihm nie ausgesprochenen und somit ihr niemals bekannt gewordenen Romanze. Je mehr er sich der nahenden Sommerferien bewusst wurde, desto mehr spielte Angst, eine noch unbekannte Art der Verzweiflung, in seinen Tagesablauf hinein. Etwas musste er tun und wenn schon nicht dagegen, dann doch wenigstens dafür. Und so begann er, diese kleinen Kügelchen ebenfalls zu sammeln. Er sammelte überzeugt und treuherzig, so dass er schon nach relativ kurzer Zeit recht viele von ihnen besaß. Ziel jedoch war und blieb nur eines: Alle, alle seine Kügelchen am Ende des Schuljahres seiner kleinen Angebeteten zu überreichen und ihr dadurch ein sicheres und untrügliches Zeichen seiner kindlichen Zuneigung zu geben.

Der letzte Schultag kam, er überreichte ihr seine Sammlung und sie freute sich sehr. Nachdem sie die Schule gewechselt hatten, verlor er sie natürlich gänzlich aus den

Augen und vergaß sie bald. Jahre später allerdings sah er sie im Alter von circa fünfzehn Jahren zufällig wieder. Bei einer dieser Quizsendungen für Schüler im Fernsehen trat sie mit anderen Jugendlichen gemeinsam auf und musste irgendwelche Fragen über Pferde beantworten. Sie sah sowohl bei der Beantwortung dieser Fragen nicht gut aus als auch – für seinen Geschmack – bezüglich ihrer äußeren Erscheinung. So lag ihr Haar lose und dünn über die Schultern, wies nur noch einen Teil der früheren Länge auf, außerdem wirkte sie auf sein inzwischen etwas geübteres Auge wesentlich zu schmal. Bei aller Überraschung über dieses Wiedersehen mutete es ihn doch etwas befremdlich an, in dieses Mädchen einmal verliebt gewesen zu sein.

Schon als Kinder hatten sie in ihrem Dorf über Jahre in einer Häuserreihe gespielt, welche sich seit langer Zeit im Zustande des Rohbaus befand. Diese mittlerweile schon eher dem Verfall preisgegebenen „Bauten", wie die Kinder sie nannten, waren für ihre Umtriebe etwa als Cowboy und Indianer wie geschaffen. Irgendwann aber, als er bereits das Gymnasium besuchte, wurden die Häuser dann doch mal fertig gestellt und damit bewohnbar. Es zogen Leute dort ein und eine der Familien besaß eine Tochter. Sie war hübsch und niedlich, trug dichtes dunkles Haar und hatte braune Augen, kurz: Sie war wunderschön. Wie es ihm mit seinen zwölf Jahren damals gelang, sie eines Tages kennen zu lernen, wusste er später nicht mehr. Denn wiederum besuchte sie eine andere Schule als er und auch sie lebte in einer anderen Welt mit anderen Freunden und Bekannten.

Seine kleine Schönheit war immer hübsch angezogen und er liebte alles, was sie an Kleidung trug. Ihr Fortbewegungsmittel bestand in einem blauen Fahrrad mit einem zu jener Zeit populären „Hallo Partner"-Aufkleber auf dem hinteren Schutzblech – und er liebte auch dieses Fahrrad. Da er jedoch mit den teilweise übel verrohten Dorfjungen ziemlich regelmäßig verkehrte, sie hingegen aus zweifelsohne behütetem Hause stammte, so blieben sie sich entsprechend reichlich fremd. Dann lagen bald die Tage allerzartester Kindheit hinter ihm und die Musik hatte fast gänzlich von seinem Leben Besitz ergriffen, Musik als Ausdruck neuen erwachsenen Denkens und als Flucht aus einer Realität, welche ihm schon als Kind nicht so recht gefallen wollte. Als Gegenpol zu seiner nahezu unbegrenzten Freiheit zog ihn nun das reine unverdorbene Wesen dieses bildhübschen Mädchens heftig an. Was also sollte werden?

Wie bereits erwähnt, existierten zwischen ihnen keine unmittelbaren Kontakte. Zu behaupten, dass sie sich kannten, wäre somit einer Übertreibung gleichgekommen. Stattdessen war sie sogar manchmal in Gegenwart eines Jungen zu sehen, welcher in den Augen ihres glühenden Verehrers wie ein empfindlicher Schnösel daherkam. Dennoch keimte in seinem Innern schon bald so etwas wie eine durch Eifersucht bestimmte Sorge auf: War da mehr, als er vielleicht ahnte und sie nach außen zeigten?

Da sein Haus an der Dorfstraße lag, musste das Mädchen jeden Tag auf dem Weg zur Schule daran vorbei. Und hier lag eine Möglichkeit für ihn oder nennen wir es eine gute Gelegenheit für einen potentiellen Anknüpfungspunkt. Mit ihrem blauen Fahrrad fuhr sie nämlich allmorgendlich zu ihrer Bushaltestelle und von dort mit dem Omnibus weiter zur Schule in einen anderen Ort. Die Zeit, in der sie vorbeikam, war dieselbe wie diejenige, in der auch er normalerweise das Haus verlassen musste, um zu seiner etwas entfernter gelegenen Haltestelle zu gelangen – oder sagen wir: in etwa dieselbe. Eigentlich konnte er nämlich etwas später in gewohnter Lustlosigkeit seinen Schulalltag beginnen. Er lernte jedoch allmählich, die Zeit abzupassen. Nachdem er von außen die Haustür zugezogen hatte, war er für seine Mutter und Geschwister – der Vater ließ sich nur selten blicken – ohnehin aus der Welt. Nun harrte er genau an der Stelle aus, an welcher sich der Ausgang von seinem

Hof zur Dorfstraße befand. Exakt an der Ecke des Gebäudes hatte er guten Einblick in die Straße, aus welcher er das Mädchen in einiger Entfernung jeden Augenblick kommen sehen musste. Also stand er dort und wartete. Sobald er sie aber erblickte, schlenderte er in der größten nur denkbaren Lässigkeit los und ohne natürlich irgendjemanden auf der Welt wahrzunehmen, schon gar nicht sie. Für sie aber gab es an einem solch frühen Morgen keine größere Freude, als, gänzlich unbemerkt, von hinten recht nah an ihn heranzufahren, um dann mit ihrem schönen blauen „Hallo Partner"-Fahrrad eine äußerst gekonnte Vollbremsung unmittelbar hinter ihm hinzulegen, welche ihm gehörig Schrecken einjagen sollte. So tat er dann auch regelmäßig äußerst erschrocken, worauf sie ebenso regelmäßig ihre helle Freude hatte und ihr wundervolles Lachen erklingen ließ. Damit war ihr allmorgendliches Schauspiel wieder erfolgreich über die Bühne gebracht und er schwebte fortan im siebten Himmel – zumindest solange sie ihr Stück gemeinsamen Weges lustig plaudernd zurücklegen konnten.

So ging es eine ganze Weile. Irgendwann trug sie ihre Haare dann anders, der Scheitel lag seitlich oder so ähnlich. Sie wurde eben allmählich älter und modebewusster. Mit der Zeit sah er sie nicht mehr ganz so häufig, war aber immer bemüht, sich irgendwie bemerkbar zu machen beziehungsweise bei ihr in Erinnerung zu bleiben. So drehte er zum Beispiel in der Mittagszeit, wenn er sie nach der Schule von ihrer Bushaltestelle zurückkommen sah, seine Musik höllenlaut auf, damit die ganze Straße es hörte und sie sozusagen nicht einfach an ihm vorübergehen konnte. Allerdings erfuhr er diesbezüglich nie eine Rückmeldung von ihr.

Ihre endgültige Trennung, wenn man es so nennen konnte, kam schließlich dadurch zustande, dass seine Familie aus dem kleinen Dorf fortzog. Das dringende Bedürfnis, diesem Mädchen gegenüber ehrlich zu sein, was selbstverständlich nichts anderes heißen konnte, als ihr seine Liebe zu gestehen, quälte ihn in diesem Falle erneut, dennoch auf eine andere Art als noch bei seiner Schulfreundin aus der vierten Klasse. Die Situation erschien ihm fatalistischer, denn er sah ganz deutlich, dass sie beide älter und reifer wurden. Irgendwann zwischendurch hatte ihm ein anderes hübsches Mädchen auch seinen ersten Kuss gegeben, somit wusste er spätestens jetzt auch, dass es da noch mehr gab zwischen Mädchen und Jungen als halsbrecherische Bremsmanöver mit dem Fahrrad in den frühen Morgenstunden. Durch den bevorstehenden Umzug stand jedoch fest, dass er solche Dinge mit seiner kleinen Schönheit niemals erleben würde. Dabei war er sich so sicher, dass sie und nur sie entweder seine erste große Liebe oder eben seine erste große Enttäuschung geworden wäre.

Als sie schließlich in einer völlig fremden Stadt wohnten, schrieb er ihr – mutig und traurig aus der Ferne – einen Abschiedsbrief. Es war der erste Abschiedsbrief seines Lebens. Mit gefühlvollen Worten gestand er ihr seine Zuneigung – nicht Liebe, denn das wäre dann doch zu ehrlich gewesen – und wünschte ihr eine schöne Zukunft. Eine Antwort erhielt er nie, aber warum auch? Beide waren Kinder und sie noch dazu völlig überrascht.

Lange Zeit später zog es ihn noch einmal zurück in sein altes Dorf, so wie man manchmal im Leben Stätten aus seiner Vergangenheit aufsucht, um nachzuschauen, ob noch alles sich so verhält wie in der eigenen Erinnerung. Als er dann dort durch die engen Straßen schlenderte, erinnerte er sich tatsächlich und entschloss sich ganz spontan, auch noch mal nach ihr zu schauen. Also klingelte er an und es war ihre Mutter, die ihm öffnete. Als er sich nach ihrer Tochter erkundigen wollte, stellte sich heraus, dass diese sogar noch zu Hause wohnte, allerdings an diesem Tage noch nicht aufgestanden war, denn es war erst später Vormittag. Während ihm der Gedanke kam, dass er sie natürlich auch gerne höchstpersönlich geweckt hätte, stand sie plötzlich vor ihm. Das Wiedersehen bereitete ihr Freude und so saßen sie eine kleine Stunde auf der Terrasse. Es war ein wirklich nettes Beisammensein. Auf seinen Wunsch zeigte sie ihm ältere Fotos, welche sie offensichtlich regelmäßig bei sich trug, und er erläuterte ihr aus der nun vorhandenen emotionalen Distanz, in welcher Zeit seiner Gefühle für sie jedes einzelne anzusiedeln sei.

Natürlich ging ihre gemeinsame Zeit auch diesmal zu Ende, er musste weiter. Nachdem sie sich verabschiedet hatten, begleitete sie ihn noch zur Tür, und als er dann gehen wollte, geschah plötzlich etwas sehr Erwachsenes zwischen ihnen. Sie berührte nämlich sehr zärtlich mit ihren Lippen die seinen, worauf er mehr oder weniger entschwebte. Für ihn blieb es einer seiner schönsten Küsse.

Im Alter von neunzehn Jahren saß er dann in seiner Abiturklasse herum. Dort war ihm eines der Mädchen nie mehr aufgefallen als die ganzen anderen Hübschen, bis er irgendwann doch mal aufmerksam wurde auf ihre anmutige und gelassene Art, sich zu bewegen und gar, sich auszudrücken, kurz: Der Wunsch, sie näher kennen zu lernen, ergriff auch hier von ihm Besitz. Es gelang ihm dann auch ab und an, in einem der unterschiedlichen Kurse neben ihr Platz zu nehmen. Auf einer Klassenfahrt entstand schließlich sogar ein gemeinsames Foto, auf welchem sie beide in der französischen Provence am Strand saßen und sich in belanglosen Plaudereien ergingen – belanglos jedoch nur dem Anschein nach, handelte es sich doch hier um die erste außerschulische, sozusagen private Unterhaltung zwischen ihnen, nun auf jenem kleinen Foto festgehalten für die Ewigkeit.

Sie fanden zusammen und erlebten alles, was zur Liebe dazugehört, aber eben nur für kurze Zeit. Von ihrer Seite kann man vielleicht von einer Sommerliebe sprechen, für ihn bedeutete es hingegen weit über den Sommer hinaus eine Liebe über Jahre, die er niemals vergessen konnte und die so intensiv war, dass er lange nach ihrem Ende an fremden Orten sie zwingend wiederzuerkennen glaubte in den Gesichtern unbekannter Frauen und dies einfach nur, weil sie ihr ähnelten oder er einfach nur wollte, dass sie dies taten. Er litt über Jahre wie ein Hund und beendete Beziehungen mit anderen Freundinnen, weil er einfach nicht loskam von ihr.

Bei verschiedenen Gelegenheiten, unter anderem auf Klassentreffen, begegnete er ihr später wieder und würde dies noch öfter tun, so lange eben, bis einer von ihnen nicht mehr zu solchen Treffen ginge oder gehen konnte. Die Zeit verrinnt, die Jahrzehnte eilen vorüber und lassen einen älter – und hoffentlich auch vernünftiger – zurück.

Was jedoch in seiner Erinnerung wesentlich für ihre Person, um nicht zu sagen: für ihre imposante Persönlichkeit stand, war der Gedanke, dass ihnen niemals wirklich Zeit vergönnt war. Ganz gleich, ob sie spazieren gingen, sich verabredeten oder einfach nur so zusammen waren, immer stand die Tatsache im Raum, dass es nur für kurze Zeit sein würde. Ihre gesamte Beziehung stand unter diesem Eindruck, ganz so wie damals im Alter von neun Jahren, weil in diesem heutigen Fall schon bald das Abitur hinter ihnen liegen würde und ihre Wege danach sich trennen mussten, denn aus welchem klaren Grunde sollten sie ihrer gegenseitigen Zuneigung wegen in derselben Stadt ein Studium beginnen? Oder war vielleicht schon damals klar, dass ihr Zusammensein ein Getrenntsein über längere und regelmäßigere Zeiträume nicht überstehen würde?

Als er schließlich über zwanzig war, saß sie eines Tages im selben Seminar in der Universität: klein, dunkel gelockt und hübsch. Seine Freundin aus Abiturzeiten hatte er da noch immer nicht vergessen, von nun an würde es ihm aber sicherlich gelingen.

Wieder lernten sie sich kennen und unternahmen gemeinsam schöne Dinge. Er hatte keine Sorgen außer derjenigen, sie möglichst häufig zu sehen. Schnell wurde es für ihn mehr, allerdings fanden sie den Weg zueinander letzten Endes dann doch nicht, ebenso wenig wie den Weg voneinander weg. Immer gab es nach unendlich langen Monaten und sogar Jahren erlösende Wiedersehen sowie erneut zerschmetternde Abschiede. Später sah er in dieser Beziehung eine Zuneigung junger und unbedarfter, ja unreifer Menschen, welche ihm im erwachseneren Alter so nicht mehr begegnen könnte, weil nämlich vorher die Dinge klar formuliert werden würden.

Es gab andere Frauen in seinem Leben, die ihm etwas bedeuteten, manche mehr, manche weniger. Wer aber von allen nun eigentlich seine erste wirkliche Liebe war, das wusste er nie. Im Grunde wusste er nicht einmal so genau, was das überhaupt ist – Liebe.

Neighbours

Auf der spanischen Baleareninsel Menorca wohnte einmal eine englische Familie neben uns. Sie bestand aus Vater, Mutter, pubertierender Tochter sowie einem typisch englischen Großväterchen, ganz offensichtlich dem Vater des Familienoberhauptes.

Wenn ich sage: typisch englisch, dann meine ich damit im Grunde die ganze Familie. Sie bildeten für sich genommen ein durch und durch liebenswürdiges Völkchen mit immer einer Tasse Tee auf dem Tisch, diese bei den Männern mit Sicherheit gefolgt von der abendlichen Flasche Bier. Zu hören war von ihnen in der Regel kaum etwas, ihre Unterhaltung untereinander erfolgte durchweg leise und unaufdringlich. Zurückgezogen wie sie lebten, scheuten sie anfangs sogar den Blick zu mir hinüber, der ich doch immer einige Stunden des Tages lesend oder schreibend auf unserer Terrasse zu sehen war.

Vermutlich handelte es sich bei unseren Engländern um recht einfache Leute, was sie durch Kleidung, ihr gesamtes äußeres Erscheinungsbild ausdrückten wie auch durch die Tatsache, dass sie mindestens einen Großteil ihrer aktuellen Informationen aus der SUN, dem berüchtigten englischen Massenblatt, bezogen. Wenn der Vater am Morgen die Zeitung zu Ende gelesen hatte, blätterte anschließend das Großväterchen darin herum. Selten habe ich erlebt, dass jemand regelmäßig den halben Tag in solch einem Blatt herumstöbert – und natürlich immer mit der obligatorischen Tasse Tee neben sich auf dem Tisch.

Wie gesagt, es dauerte lange, bis ich auf meine Versuche, einen Gruß bei ihnen zu landen, erhört wurde. Dennoch erwiderte, wenn ich mich recht erinnere, als erster der Familienvater auf mein wiederholt freundliches Hinübernicken ein zunächst reserviertes, mit der Zeit jedoch zunehmend wohlwollendes und schließlich sogar lächelndes „Morning", was dann im weiteren Verlaufe unserer Annäherung je nach Tageszeit in ein nicht weniger freundliches „Evening" umgewandelt wurde.

Fortan war das Eis zwischen uns gebrochen, wir lebten friedlich grüßend nebeneinander her. Selbst wenn ich vor Hitze nicht schlafen konnte und am Morgen sehr früh mit meinem Buch auf der Terrasse erschien, saß nebenan bereits Großväterchen mit seinem Tee, während der eigentliche Familienvater, also sein Sohn, häufiger bald vom Joggen zurückkehren würde – eine Tätigkeit, die ich wegen meiner relativen sportlichen Trägheit immer etwas neidisch beobachtete. Ansonsten verbrachten sie allerdings viel Zeit zu Hause, unsere Engländer, und gingen ziemlich selten mal alle gemeinsam fort.

Gleichsam der Höhepunkt unserer Bekanntschaft, meine größte Freude, quasi die Belohnung für all meine Bemühungen lag jedoch, leider bereits gegen Ende unserer Ferien, in einer Bemerkung des englischen Großvaters. Sie fiel unmittelbar nach meiner morgendlichen Begrüßung und ich durfte sie von daher getrost auf mich beziehen. Dieser murmelte nämlich im eben draußen versammelten englischen Familienkreise ein dezentes „lovely people".

Im Garten

Nachdem ich am Vormittag einige Gräser im Eingangsbereich gezupft und den Rasen gemäht habe, ist mittlerweile von einem Regenschauer alles nass und die Amseln hüpfen beschäftigt und ängstlich, wie es ihrer Natur entspricht, vor mir über das Gras, jenes im frisch geschnittenen Zustande für Vögel so erkundenswerte Grün.
 Auch die Oberfläche meines Tisches ist nass, ebenso wie der Boden um mich herum und alle Sträucher, alle Bäume. Ich sitze dennoch draußen bei abnehmender Temperatur und mit beginnendem leichtem Frösteln. Ich sitze draußen mit einem Glas Rotwein, weil ich sie atmen möchte, diese herrlich frische Luft, ich sitze draußen, weil ich die Regentropfen hören möchte, wenn sie auf den Tisch aufschlagen – was sie doch immerhin ungebremst aus großer Höhe tun – und wenn sie von den Blättern abtropfen. Ich möchte dabei sein, teilnehmen an diesen Vorgängen der Natur, welche schon Millionen Jahre lang sich vollziehen und dennoch immer gleich sind. Dabei drängt sich manchmal der Gedanke auf, dass selbst die kleinen Meisenkinder, welche unmittelbar neben mir – wie jedes Jahr eine neue Generation – ihre Flugübungen in den Tannen absolvieren, dass selbst sie den bezaubernden Rhythmus der Natur mit deutlicherem Bewusstsein erleben als so mancher unserer Zeitgenossen.
 Hinter den Bäumen höre ich das Geschrei von Kanadagänsen. Vermutlich wird gleich wieder mal ein Schwarm dieser wundervollen Tiere, gemächlich und durch ihre Flügelbewegungen ein leises, etwas unheimliches Rauschen erzeugend, über mich hinwegfliegen. Während sich der Himmel mit Regenwolken erneut verdunkelt, werde ich hier sitzen, lesen, staunen und warten – auf die Gänse, Meisen und Amseln, später in der Dämmerung auf die Singdrossel, deren Gesang drüben im Wald zunächst leise,

dann aber immer deutlicher und näher am Garten zu hören sein wird.

Und ich werde warten auf den Igel, der mit Beginn der Dunkelheit seinen Weg über den Rasen dicht an mir vorbei suchen wird, ohne mich auch nur der geringsten Beachtung zu würdigen, wie er es gewohnt ist. Ebenso wird er im Herbst, wenn seine innere Uhr es ihm nahe legt, sein Winterbett aufsuchen dort hinten unter den Bäumen. Dazu häufe ich ihm regelmäßig jedes Jahr das trockene Laub an, damit er sich für den nächsten Frühling schlafend stärken kann – wie er es gewohnt ist.

Was mich beruhigt

Auch die ganz normale Ferienzeit, in der man doch eigentlich tun und lassen kann, was man möchte, verlangt mir einiges ab. So muss ich an einem normalen Tag zum Beispiel einkaufen, den Haushalt zumindest grob in Ordnung halten und meinen kleinen verwöhnten Sohn beschäftigen. Dabei mag es vorkommen, dass ich, wie etwa heute, wirklich zweimal das Teewasser aufsetze, es mir dann aber doch nicht gelingt, mein geliebtes Nachmittagsgetränk aufzubrühen, weil wieder etwas dazwischen gerät. Beim dritten Versuch, während mein Sohn im Nebenraum telefoniert, höre ich mit einem Ohr dem Gespräch zu, um beurteilen zu können, ob ich es nun riskieren darf, das heiße Wasser in die Tasse und über den Teebeutel zu gießen. Ich wage es – und werde prompt von meinem Sohn gefragt, ob ich ihn wohl mal eben zu einem Freund fahren könne. Die Entfernung beträgt – mal eben – fünfzehn Kilometer. Das macht mich dann schon mal etwas ungehalten.

Überhaupt werde ich seit längerer Zeit schon in regelmäßigen Abständen von einer geradezu quälenden inneren Unruhe getrieben, als gelte es etwas dringend zu erledigen, von dem ich aber gar nicht weiß, was es denn eigentlich sein könnte. Was anliegt an kleineren Aufgaben, versuche ich möglichst schnell zu bewältigen, hetze quasi durch die Dinge und Stunden hindurch, schlinge das Essen runter, nur um möglichst schnell wieder mit allem fertig zu werden. Dabei weiß ich doch, wie ungesund dies ist. Und während ich mich nach außen gerne als ruhiger und ausgeglichener Mensch gebe, tobt in mir drinnen ein Krieg gegen eine unbekannte Macht – der ewig aussichtslose Kampf gegen die Zeit vielleicht?

Inzwischen weiß ich auch, dass es gegen diese Unruhe ein Rezept gibt: Es sind die ruhigen, die Mußestunden, in welchen ich endlich, endlich ein Buch zur Hand nehmen kann. Es mag übertrieben klingen, aber irgendwie verspüre ich so etwas wie einen Zwang zum Lesen und somit zum Abstrahieren, zum Entfernen meines Geistes aus dieser Wirklichkeit mit all ihren angeblich unvermeidlichen Realitäten, welche mich anwidern, in Szene gesetzt und also durchaus verschuldet von Politikern, deren Gerede ich nicht ertragen kann, weil es nichts ändert am Unrecht der Welt. Um dies alles aushalten zu können, bleibt mir also nur das Lesen.

Wenn es Sommer ist, sitze ich natürlich am liebsten im Garten und höre mit meinem Buch den Vögeln zu sowie dem Rauschen des Windes in den Blättern unserer Bäume. Zum Duft der Blumen, der mich draußen sanft betäubt, gibt es keine Alternative.

In allen anderen Zeiten, zu denen ich nicht hinaus kann, sitze ich am liebsten unten in meinem Arbeitszimmer. Dort kann ich die Türe hinter mir schließen und zum Fenster hinausschauen in den Garten an der Vorderseite des Hauses. Im Raum selbst bin ich umgeben von meinen Büchern und deren trocken verstaubtem Geruch. Ruhe ist da unten ohnehin und häufig stelle ich mir vor, wie ich immer noch zwischen all den Büchern, all der gesammelten Weisheit sitze und lese, wenn ich – vielleicht und hoffentlich – einmal sehr alt bin.

Neuerdings erst habe ich, wohl angelockt durch das Licht in der zweiten Hälfte des Tages auf dieser Seite des Gebäudes, ein neues Plätzchen ganz für mich entdeckt. Es handelt sich um unser oben unter dem Dach gelegenes Schlafzimmer. Hier sitze ich in letzter Zeit häufiger mit angezogenen Beinen auf meinem Bett am Fenster – übrigens genau zwei Etagen über meinem geliebten Arbeitszimmer. Während ich dort also mit einem Buch verweile, fällt der Blick manchmal auf mein kleines, rechts von mir sich befindendes Nachtschränkchen. Es ist schon ziemlich alt, nämlich etwa vierzig Jahre und daher natürlich auch ziemlich altmodisch. Meine Mutter hat es damals zusammen mit anderen Schlafzimmermöbeln gekauft, also gemeinsam mit einem zweiten Nachttischchen, einem Doppelbett, einer Kommode sowie einem großen Kleiderschrank. Der zweite Teil des Bettes und das zweite Nachtschränkchen waren vorgesehen für meinen Vater, welcher damals aus den verschiedensten Gründen nicht mit uns zusammenwohnte, von meiner Mutter jedoch zu einem noch zu verkündenden Zeitpunkt fest erwartet wurde. Dafür waren dann auch diese Möbel gedacht.

Aus den verschiedensten Gründen hat mein Vater dann aber niemals wirklich den Weg zu uns gefunden, ist niemals bei uns eingezogen. Damit waren die Schlafzimmermöbel natürlich in dieser Konstellation vergeblich angeschafft worden.

Aus ebendieser Zeit, aus ebendieser Lebensperspektive heraus steht nun also das Nachtschränkchen neben mir. Es verweilt dort und wird von der späten Nachmittagssonne, die ja um diese Tageszeit ebenfalls nicht mehr jung ist und deren Kraft ebenfalls langsam erlischt, sanft und traurig angestrahlt. Oben auf diesem Schränkchen mit seiner gläsernen Platte jedoch befindet sich seit circa einem Jahr ein Wecker. Und dies ist der Wecker meines verstorbenen Vaters, einer von den sehr zahlreichen Weckern, welche er besaß, obwohl er doch im Grunde nie nach der Uhrzeit gelebt hat und dies nicht nur, weil er im hohen Alter schon lange nicht mehr auf einen bestimmten Zeitrahmen angewiesen war.

Meine Mutter und mein Vater konnten in ihrem Leben nie wirklich zusammenkommen. Nun ist mein Vater gestorben und meine Mutter hat wohl das meiste aus ihren früheren Tagen vergessen. Und doch ist im Grunde hier oben bei mir noch alles so gekommen, wie es beide einmal geplant hatten, irgendwie. Ich sitze nun nämlich und schaue auf das Nachttischchen meiner Mutter und den darauf befindlichen Wecker meines Vaters, die beide zusammen friedlich in der

Sonne ruhen und so irgendwie nach langer Zeit doch noch vereint sind. Und das beruhigt mich.

Befehl ist Befehl

Einst war auch er ein Soldat und dies, obwohl ihm immer jede Art von Militär und Kriegsspielen zuwider war, solange er denken konnte. Es gibt allerdings eine bestimmte Episode, an die er sich ab und zu erinnerte.

Zu jener Zeit gab es lediglich zwei Möglichkeiten: Entweder man leistete seinen obligatorischen Dienst ab oder aber man nahm das Recht der Kriegsdienstverweigerung in Anspruch. Von letzterer Möglichkeit Gebrauch zu machen, bedeutete in seinen Kreisen eine absolute Selbstverständlichkeit, nur war man dabei gezwungen, ein Verfahren mit Instanzen zu durchlaufen, bei denen man gleich einem Angeklagten mehreren fremden Männern gegenübersaß, die ohne Zweifel einem nicht nur nicht gut gesonnen waren, sondern den potentiellen Verweigerer sogar für einen ausgemachten Drückeberger hielten, einen Drückeberger vor dem Dienst am Vaterlande. Halleluja. Zu diesem Zwecke versuchten diese Leute, es einem mit den übelsten Tricks so schwer wie möglich zu machen und verlor man die erste Instanz, so musste die zweite durchlaufen werden. Das Ganze hatte für ihn nie etwas mit Fairness zu tun gehabt, sondern mit einem Gerichtsverfahren, und da er damals mit seinen siebzehn Jahren noch reichlich unreif und wenig charakterfest durchs Leben ging, fühlte er sich dann auch sogleich eingeschüchtert und fiel prompt durch. Da die zweite Instanz als schwieriger galt und er ursprünglich gar nicht Instanzen durchlaufen, sondern einfach nur den Kriegsdienst verweigern wollte, redete er sich schließlich ein, dass es doch alles gar nicht so schlimm werden würde und fand sich daher schon bald in einer norddeutschen Kaserne wieder.

Dort war das so genannte Soldatenleben dann allerdings für seine Begriffe absolut grauenhaft und eigentlich unerträglich. Man war lange Zeit von zu Hause fort, die

Freundinnen liefen weg, weil sie natürlich keine Lust verspürten, ewig auf das Wochenende zu warten, und noch dazu drangsalierten die Vorgesetzten einen ununterbrochen und zu jeder Tageszeit. Schnell sah er seinen Irrtum ein und beschloss, wenn er schon diesen Fehler begangen hätte, dann aber zumindest das Gelöbnis, also den Treueschwur auf die Verfassung des Landes, zu verweigern. Dies geschah mit der Konsequenz, dass er daher nicht befördert werden, also keinen höheren Dienstgrad erreichen konnte, woran ihm nun wirklich herzlich wenig gelegen war, denn das Soldatenleben war seine Sache nicht und niemals.

Zu den übelsten Aufgaben gehörte das Wachelaufen. Dazu musste man auch nachts und bei wirklich jedem Wetter mit dem Schießgewehr herumirren und den eventuellen Angriff eines Feindes verhindern, den es gar nicht gab, denn es war ja kein Krieg. Und so lief er dann in winterlicher Kälte bei schlimmem Frost mit einem Kollegen in der Gegend herum und bewachte irgendetwas. Einmal hörten sie ein merkwürdiges Rascheln und sahen bei – eigentlich durchaus romantischem – Schein des Vollmondes eine Gruppe von Wildschweinen gemächlich auf sie zutrotten, was aber eigentlich gar nicht hätte sein dürfen, weil um das gesamte Gelände herum nämlich eine recht solide Absperrung stand. Geistesgegenwärtig beschlossen sie, einen Berg mit aufgestapelter raketenförmiger Munition zu erklettern und ließen schließlich aus sicherer Höhe, wenn auch mit mulmigem Gefühl, die Tiere passieren. Erst später erfuhren sie, dass das Rudel die erwähnt robuste Absperrung durchschritten hatte, als wenn diese niemals existiert hätte.

Ansonsten führten manche seiner Kollegen und Leidensgenossen schon mal gerne kleine Fläschchen mit hochprozentigem Alkohol mit sich, aus denen sie während der einsamen Wachläufe ab und an einen Schluck nahmen. Er für seine Person begnügte sich jedoch lieber damit, den Rauch seiner Zigarette so tief wie möglich zu inhalieren, denn auch dadurch fühlte er sich ein klein wenig gewärmt, wenn auch nur für kurze Zeit.

Einem dieser Kollegen erzählte er einmal, dass er übrigens nie ein Gelöbnis abgeleistet hätte. Dann, so erwiderte dieser, müsste er gar keine Wache laufen, weil dazu doch ein bestimmtes Vertrauensverhältnis vonnöten wäre, welches er ohne Gelöbnis ohnehin nie und nimmer gewährleisten könnte. Ermuntert durch diese Nachricht und in der Hoffnung, vielleicht wenigstens eine seiner lästigen Verpflichtungen los zu werden, nahm er doch einen Schluck aus der ihm angebotenen Flasche und ging am Morgen zum nächsten Vorgesetzten, um in der Sache nachzufragen. Dieser reagierte völlig ungläubig.

„Kein Gelöbnis? Das kann nicht sein. Das ist verboten. Das geht nicht."

Er aber beharrte ruhig auf seiner Aussage und wurde daraufhin durchgewinkt zum nächsten Vorgesetzten, der ein Offizier und Chef der Kaserne war, also vermutlich aufgeklärteren Denkens, und mit dem er also potentiell ein ganz vernünftiges Gespräch führen konnte. Der Chef nannte einen großen Bernhardiner sein Eigen, welcher manchmal schwankenden Ganges neben ihm herlief. Den Vorgesetzten machte dies menschlich. Als er nun vor dessen Schreibtisch Platz genommen hatte, lächelte jener den Untreuen nur an und fragte ihn nach seinen Beweggründen. Dieser erklärte sie ihm in einigen wenigen Worten, worauf er entlassen und an seinen Arbeitsplatz zurückgeschickt wurde.

Dort angekommen, nahm er seine Tätigkeit wieder auf, welche unter anderem bestand im Nachzählen und Notieren von bei Übungen vergeudeten Munitionseinheiten, als auch schon das Telefon nebenan bei seinem direkten Vorgesetzten läutete. Diesen hörte und sah er nach Abnehmen des Hörers ehrfürchtig um eine Sekunde bitten, dann aufspringen und eilig die Türe zwischen seinem und dem Büro des einfachen Soldaten schließen. Wenig später sprang die Tür erneut auf und er wurde hereinzitiert mit der soldatisch kernigen Aufforderung: „Kommse rein!"

Folgsam nahm er erneut Platz vor nun einem anderen Schreibtisch und vernahm, was er sich bereits gedacht hatte, dass nämlich der freundliche Offizier von eben seinen unmittelbaren Vorgesetzten sogleich über das Gespräch informiert hatte. Nun musste er eine minutenlange Moralpredigt erdulden wegen seines Vergehens, welches ja keines war, weil man als Bürger das Recht der Gelöbnisverweigerung nämlich besitzt. Er wurde mit sehr langweiligen Fragen gelöchert: „Was haben Sie sich eigentlich dabei gedacht? Was bedeutet Ihnen eigentlich das Vaterland?"

Er aber gab keinerlei Antwort, allerdings nicht, weil er den vorgesetzten Soldaten ärgern wollte, sondern weil ihm einfach nichts dazu einfiel. Es war nicht seine Ebene. Der direkte und unmittelbare Vorgesetzte erreichte ihn nicht, es gab zwischen ihnen nichts zu sagen.

Somit beendete der höhere Dienstgrad die vollkommen sinnlose Unterhaltung und schickte ihn wiederum ein Zimmer weiter, diesmal zum höchsten Vorgesetzten der Abteilung, in welcher er seinen soldatischen Dienst versah. Und eben darin lag die eigentliche Brisanz des gesamten Vorganges: Bei jemandem, der nicht bereit war, auf die Verfassung zu schwören, konnte es sich nach militärisch simplem Denken nur um eine zwielichtige Gestalt, wenn nicht gar um einen Spion handeln, welcher – immerhin in der Phase des Kalten Krieges zwischen den Supermächten – vielleicht sogar für den Osten arbeitete. Seine tägliche Arbeit jedoch vollzog sich im Büro des Sicherheitsbereiches, wo natürlich alles genau geregelt war und besonderen Sicherheitsvorschriften unterlag. Durch sein harmloses Nachfragen hatte er in der Kaserne für einen Skandal gesorgt.

Auch bei diesem Vorgesetzten handelte es sich jedoch um einen derjenigen Soldaten, mit denen er eine gemeinsame Ebene fand beziehungsweise war der andere es vielleicht auch, der sie für ihr Gespräch fand, weil er als Offizier über den nötigen Intellekt verfügte. Jedenfalls unterhielten sie sich in angemessen lockerer Form und schließlich zeigte ihm der Offizier sogar einige Krähen, welche draußen vor dem Fenster im Schnee herumhüpften und über die er im Plauderton erzählte, dass sie jeden Winter so nah ans Fenster kämen. Dies bedeutete die gemeinsame Ebene. Es handelte sich nicht um Munitionsverbuchungen oder sinnlose Befehle, sondern um Krähen in einer Winterlandschaft. Das machte also auch ihn menschlich.

Sobald er die unselige Zeit des Soldatspielens hinter sich hatte, strengte er den Prozess seiner Kriegsdienstverweigerung erneut an. Es war ihm diesmal ein Leichtes. Mittlerweile als Student der Geschichte und Philosophie eingeschrieben, erzählte er den versammelten Anklägern und Militärrechtfertigern etwas von Immanuel Kants Äußerungen über stehende Heere und dergleichen, worauf sie nichts entgegnen konnten. Dass er schließlich ohne Wenn und Aber als Kriegsdienstverweigerer anerkannt wurde, war von daher nur noch eine Formsache, auf der anderen Seite jedoch der gewollte Akt politischer Willensbekundung, den er ursprünglich angestrebt hatte.

Befehl ist eben doch nicht immer Befehl.

Tod eines Baumes

Unweit von hier, nur wenige Straßen entfernt, ist ein schneidend sirrendes Geräusch zu vernehmen. In unregelmäßigen Abständen verstummt der Lärm, um allerdings bald darauf von neuem anzuheben.

Es ist das Geschrei einer arbeitenden Motorsäge. Und es bedeutet den sicheren Tod eines riesigen Baumes. Eine uralte Kastanie nämlich, welche nur einige Straßen von unserem Haus entfernt steht, ist nun, im Alter von etwa zweihundert Jahren, erkrankt, so dass beim letzten größeren Sturm sogar einer ihrer dicken Arme, welche man Äste nennt, abgebrochen und unmittelbar auf die daneben verlaufende Straße gefallen ist. Verletzt wurde glücklicherweise niemand, dennoch bedeutete dieses Ereignis für den alten Baum das Todesurteil.

Wenn die Erkrankung eines Baumes so weit fortschreitet, dass er zum Sicherheitsrisiko für die Allgemeinheit wird, muss etwas unternommen werden. Dennoch kann ich es rein emotional nicht nachvollziehen, dass er sterben, dass er in wenigen Tagen nicht mehr da sein soll. Und so rechne ich ständig die Zeit zurück um etwa zweihundert Jahre und versuche mir vorzustellen, was in jener Vergangenheit, in welcher der Baum als junger Trieb sein langes Leben hoffnungsvoll begann, an dieser Stelle außer ihm wohl noch vorhanden gewesen sein mag. Und jedes Mal komme ich zu dem Ergebnis, dass es wohl nichts, rein gar nichts von dem war, was wir heute hier finden, kein Haus, keine Straße, keine andere der gegenwärtigen Pflanzen, überhaupt nichts außer der Landschaft mit ihren Hügeln und Tälern, welche ja über die Jahrhunderte – zumindest in der Regel – ihr Aussehen nicht verändern.

Generationen von Kindern hat diese alte Kastanie unendliche Freude bereitet, wenn diese im Herbst nach der Schule auf ihrem Heimweg deren Früchte auf der Straße einsammeln oder gar mit selbst gebastelten Wurfgeschossen gezielt von den Ästen herunterholen konnten.

Und so sitze ich dann eines warmen Spätsommernachmittags im Garten über meinem Buch und es will mir nicht gelingen, auch nur einen klaren Gedanken zu fassen, da das böse sirrende Geräusch nicht nur meine empfindlichen Nerven, sondern ebenso mein mitfühlendes Herz zerschneidet. Es erinnert an den Motor eines Zahnarztbohrers und schmerzt dennoch viel mehr, weil ich so genau fühle, dass in diesem Augenblick uraltes Leben unwiederbringlich und für immer vernichtet wird. Und damit vermag ich mich nicht abzufinden, nein, ich kann es nicht.

Morgen oder in einigen Tagen werde ich mit meinem Sohn dann diese Stelle, welche doch, solange wir denken können, liebevoll von einem ausladenden Blätterdach beschattet wurde, aufsuchen. Dann jedoch werden wir nur noch den übrig gebliebenen Baumstumpf vorfinden. Gemeinsam werden wir versuchen, alle oder wenigstens möglichst viele der Baumringe zu finden und zusammenzuzählen. Denn diese Ringe sind der letzte Beweis für das, was einst über Jahrhunderte friedlich an dieser Stelle gelebt hat, eine wunderschöne Kastanie nämlich.

Engels Hans

Wenn einem das Glück beschert ist, längere Zeit auf dieser wunderschönen Welt zu verbringen, dann erlebt man viele Dinge, die später im Laufe der Jahre und Jahrzehnte ab und an wieder in der Erinnerung auftauchen oder aber irgendwann gänzlich verloren sind. Im letzteren Fall können sie so bedeutsam also nicht gewesen sein.

Von einer Zeit, die ich nie vergessen habe, welche sogar ziemlich regelmäßig vor meinem geistigen Auge wieder erscheint, möchte ich hier erzählen. Die Geschichte eines Bauernhofs, den ich als Junge über eine lange Zeit sehr häufig und gerne besucht habe, so häufig, dass meine Eltern sogar schon Ängste litten, ich könnte später selbst ein Bauer werden. Im Grunde hätte ich auch nichts dagegen gehabt, immer an der frischen Luft sowie mit Traktoren und allerlei landwirtschaftlichen Geräten zu arbeiten, welche ich schließlich schon seit Jahren kannte, eben weil ich tagtäglich praktische Arbeit mit deren Hilfe verrichtete, auch wenn es sich als Junge dabei natürlich lediglich um kleinere Dienste der unterschiedlichsten Art handeln konnte.

Warum diese Phase meines Lebens so wesentlich ist, darüber mögen sich andere streiten. Die Psychologen werden behaupten, dass es für den kleinen Jungen der damaligen Zeit eine heile Welt bedeutete, die bei ihm zu Hause nun mal nicht existierte, und irgendwie haben sie ja auch Recht damit. Ich möchte mich jedoch hier auf die Version festlegen, dass es sich ganz einfach um eine schöne Kindheit gehandelt hat, die ich so vielen Kindern der heutigen unpersönlichen Gegenwart von Herzen wünschen würde. Aber eine Zeit, in der man sich morgens heimlich aus dem Hause stiehlt und häufig erst abends, manchmal sogar spätabends nach Einbruch der Dunkelheit zurückkehrt, gibt es wohl nicht mehr.

Übrigens erinnere ich mich überhaupt nicht, wie und wann sie eigentlich begann, diese Geschichte. Ich muss also sozusagen mittendrin ansetzen.

Die Zeit auf dem größten Bauernhof unseres Dorfes, um die es hier gehen soll, währte etwa von meinem elften bis zum dreizehnten Lebensjahr. Es ist die Phase, in der man nicht mehr Kind ist, aber auch noch nicht jugendlich. Ich werde einfach durch irgendeinen Zufall diesen Hof gefunden haben, welcher, von großen Backsteingebäuden eingegrenzt, im Jahre 1923 erbaut worden war. Man betrat ihn durch ein mächtiges viereckiges Eingangstor, welches ein eigenes Dach mit Ziegeln trug. Zur rechten sowie linken Seite des Eingangstores lagen die Stallungen und Garagen, sämtlich aus Backsteinen errichtet, welche dem gesamten Bau einen herbstlich roten Ton verliehen, der für mich immer ein Synonym für Wärme darstellte.

Rechts zeigten sich diverse Unterstellmöglichkeiten für Fahrzeuge, Maschinen, Strohballen und andere landwirtschaftliche Geräte. An der linken Seite traf man auf geschlossene Gebäude, den Stall, Garagen, eine Werkstatt und die Milchkammer. Die Türen und Tore bestanden aus dunkelgrün gestrichenem Holz, was farblich mit den roten Backsteinen durchaus harmonierte.

Wer nun durch das Eingangstor schritt, stand unwillkürlich dem eigentlichen Hauptgebäude, dem Wohnhaus, gegenüber. Aber auch um dieses zu betreten, musste noch eine mächtige Treppe erstiegen werden, um dann unter einem Vordach Einlass zu finden in das vom Vater des Hans Engels erbaute herrschaftliche Haus.

Ununterbrochen waren überall aus den Stallgebäuden Geräusche zu hören, welche vom fröhlichen und emsigen Leben einer gut geführten Landwirtschaft kündeten. Man hörte das ungeduldig hungrige Brüllen der Kühe, nachdem sie abends in den Stall getrieben worden waren und das ewig jämmerlich klagende Geschrei der Hühner sowie das geschäftige Klappern mit eisernen Geräten und Maschinen.

Zwischen alldem bellte immer, wenn etwas außerplanmäßig geschah wie das Ankommen des Briefträgers, der Kettenhund Rex. Sofort nahm dann das aufgeregte Gegacker der Hühner zu und übertönte das Summen von Hunderten von Fliegen, welche Mensch und Tier arg zu schaffen machten, die zum Sommer auf dem Lande aber doch dazugehören.

Diejenigen Männer, deren Lärmen aus den Stallungen oder auch von einer abgelegenen Stelle des Hofes zu hören war, stellten die Bediensteten des reichen Hofes dar. Da gab es zunächst Chris, den Vorarbeiter, mit dem ich übrigens den Großteil meiner Tage verbrachte, der im benachbarten Dorfe wohnte und jeden Morgen mit einer Zigarette im Mundwinkel und einem uralten verblichen grünen Mofa auf den Hof geknattert kam. Solange ich mich erinnere, habe ich ihn immer nur arbeiten gesehen.

Beim zweiten Angestellten handelte es sich um einen Schweizer, also sozusagen einen Stallknecht, der zuständig war für das Melken und Füttern, kurz: Ihm oblag die Betreuung der Kühe – deren es übrigens dreizehn gab und deren Namen wie Adele und andere ich zu einem gewissen Zeitpunkt einmal alle auswendig kannte, dann aber auch wieder vergessen habe. Nur den Namen des einzigen Bullen, Fritz, den habe ich nicht vergessen, weil er immer so majestätisch wirkte. Aber zu ihm später.

Der Schweizer trieb damals die Kühe jeden Morgen auf die Weide und jeden Abend wieder in den Stall zurück, wozu durch ihn ganz selbstverständlich zur gemächlichen Überquerung der Herde die Straße mit einem Drahtzaun abgesperrt wurde. Da es noch nicht so viele Autos gab, fiel dies nicht weiter ins Gewicht, dennoch bedeutete es für mich immer eine Menge Aufregung, denn nicht nur die Kühe schrien, sondern auch der Schweizer, weil die Kühe längst nicht immer so wollten wie er, stattdessen viel öfter als ab und zu eine von ihnen ausbüxte und daraufhin umständlich wieder eingefangen werden musste. Es waren in der Tat glückliche Kühe, anders als die Schweine anderer Bauern, die regelmäßig durch unser Dorf in Viehwagen zum ortsansässigen Metzger befördert wurden, wo sie der sichere Todesschuss erwartete. Ich frage mich noch heute manchmal, wieso diese bedauernswerten Tiere ein solch erbärmliches Gequieke von sich gaben, je näher sie dem Schlachthaus und damit dem Ende ihrer Existenz kamen, da sie doch zweifelsohne rational ihr Schicksal nicht erwarten konnten und es sich theoretisch ebenso um den Transport von einer Weide zur anderen hätte handeln können.

Übrigens war der Schweizer nicht nur für die Kühe zuständig, sondern darüber hinaus auch noch eine zwielichtige Gestalt, die angeblich auch schon mal hinter schwedischen Gardinen gesessen hatte. Den Grund dafür glaubten in dem kleinen Dorfe, in dem meine Geschichte spielt, alle zu kennen, wie es eben auf einem Dorf so üblich ist. In Wirklichkeit wusste allerdings niemand, was er auf dem Kerbholz hatte.

Eine Sache, die ich als Kind geradezu lustig und später immerhin noch bemerkenswert fand, war die Tatsache, dass alle drei Männer auf dem Bauernhof sozusagen „beinleidend" waren, also eines ihrer beiden Beine dauerhaft nicht mehr in Ordnung hatten. Dabei war dem Schweizer früher einmal ein Bulle übel gegen sein Knie getreten, so dass er fortan beim Gehen nach einer Seite deutlich hinkte und für den Rest seines Lebens einen Stock benutzen musste. Der Vorarbeiter Chris trug gar eine Prothese, bei der ich aber nie genau erfuhr, was eigentlich der Grund für sie war. Vermutlich war es der Weltkrieg gewesen, von dem wir uns damals zeitlich ja noch nicht ganz so weit entfernt hatten. Engels Hans hingegen fragte ich eines verregneten Tages, an dem wir beide müßig herumsaßen, einmal nach seiner Geschichte und er erzählte mir, dass er im Krieg Flieger gewesen und über Finnland abgeschossen worden sei. So hatte er wohl tagelang mit seinem verletzten Bein im Wald gelegen und eine dauerhafte Versteifung davongetragen - was ich immer noch besser fand als die Prothese von Chris. Im Übrigen empfand ich seine Erzählung in meinem kindlichen Denken als absolut abenteuerlich und heroisch.

Alle drei Herren des Hofes rauchten. Und sie rauchten im Grunde immer, die stärksten filterlosen Zigaretten, die mir bekannt waren - und ich kannte schon als Junge eine ganze Reihe von unterschiedlichen Marken. Die Zigaretten gehörten zum Leben wie die täglichen Mahlzeiten und ich glaube nicht, dass auch nur einer der drei sich mal Gedanken machte über die Schädlichkeit des Nikotins. Vielmehr galt das geflügelte Wort, dass Bauern schließlich viel an der frischen Luft und Zigaretten von daher nicht so gefährlich seien. Noch heute sehe ich Engels Hans mit kritischem Blick in seine Schachtel blicken und die nächste Zigarette durch einen geübten Kick unter den Boden der Packung so weit herausstoßen, dass er sie bequem entnehmen und endlich anzünden konnte. Gequalmt wurde ununterbrochen und häufig mit der überaus genießerischen Ankündigung, dass wir nun doch „noch eine rauchen" wollen, wobei das Verb überdeutlich und in größter Freude auf das bevorstehende Vergnügen betont wurde. Selbst bei Fahrten durch das Dorf, bei denen Chris am Steuer des Traktors saß, Engels Hans aber sogar noch in höheren Jahren bei unvermindertem Fahrtempo, selbst in Kurven auf eine Mistgabel gestützt, hinten auf dem Anhänger freistehend rauchte. Man muss das gesehen haben, um es glauben zu können.

Wenn ich nun auf die – bereits angedeutete – Art der Fortbewegung zu sprechen komme, so spielen auf einem Bauernhof natürlich Traktoren die hervorragendste Rolle. Sie ziehen Anhänger und andere Landmaschinen, auch die Mähdrescher, von denen es zu jener Zeit noch kaum die sogenannten Selbstfahrer gab. Diese wiesen allerdings dann später eine Größe auf, wodurch mir als Junge zunächst wirklich Angst und Bange wurde. In jedem Falle aber besaß

Engels Hans selbstverständlich den modernsten und stärksten Traktor im Dorf, einen blauweißen der Marke Ford. Zu dieser Zugmaschine hatte ich allerdings nie das rechte Verhältnis, da ich eben in den meisten Fällen mit Vorarbeiter Chris unterwegs war und dieser nutzte jenen berühmten Lanz-Traktor, dunkelblau und mit laut klopfendem Geräusch, welches in der Tat bei entsprechenden Windverhältnissen kilometerweit zu hören war. Es ging - und geht noch heute - das Gerücht, dass diese Traktoren nur deshalb nicht mehr gebaut wurden, weil sie nicht kaputt zu kriegen waren. Eine Fahrt damit bedeutete stets eine immense Herausforderung für die Wirbelsäule, weil die Bewegung des Motors mit einer unaufhörlichen Erschütterung des gesamten Fahrzeuges und somit aller mitfahrenden Personen verbunden war. Schließlich existierten keine bequem gefederten Sitze und keinerlei Komfort, weil diese Fahrzeuge eben einzig und allein für die Arbeit gebaut wurden. Mit Stolz kann ich berichten, dass ich im Feld bereits mit elf Jahren am Steuer dieses laut bollernden Traktors sitzen und - immer im ersten Gang - das Steuer bedienen, also lenken durfte, während Chris etwa Strohballen oder Heu auflud. Welcher Junge kann das schon von sich behaupten!

In meiner Eigenschaft als Beifahrer saß ich an manchen Tagen stundenlang auf dem Sitz über dem eisernen Kotflügel des linken Hinterrades, während Chris den Pflug oder im nächsten Arbeitsschritt bereits die Egge über das Feld zog, welches vor wenigen Tagen noch güldenes Korn getragen hatte. Diese Stunden auf dem Beifahrersitz kann ich nicht anders denn als monoton umschreiben. Wie oft habe ich mir gewünscht, dass dieses ewige Geruckel endlich zu Ende gehen sollte! Dennoch gehören ebendiese Stunden der Einsamkeit neben Chris, der immer mit einem Auge nach hinten blicken musste, um die Ackerfurche nicht versehentlich zu verlassen, zu den prägendsten Eindrücken meiner Zeit auf dem geliebten Bauernhof. Gerade diese

Erinnerung überkommt mich immer, wenn ich im Herbst bei typischem Wetter frisch bearbeitete Felder sehe, welche noch den wundervollen Geruch feuchter Erde ausströmen. Dann denke ich immer, dass es doch eigentlich gar nichts Schöneres geben kann auf dieser Welt und das macht mich häufig sehr traurig.

Die Idylle, die ich immer als so angenehm empfand, ergab sich also keineswegs allein durch die baulichen Anordnungen des Hofes. Zu einem richtigen alten Bauernhof gehörten da noch andere Dinge. In diesem Falle handelte es sich um eine Reihe ausgedienter Pkws, welche nach ihrem Alltagsgebrauch keineswegs beseitigt wurden. Vielmehr stellte ihr ehemaliger Besitzer sie irgendwo ab, wo die Nummernschilder abgeschraubt und die Autos darauf quasi sich selbst überlassen wurden. Dies galt in erster Linie für einen alten schwarzen Opel Kapitän, welcher in den fünfziger Jahren gebaut und am Ende seines Lebens - nach meiner Interpretation, um dieses möglichst lange hinauszuzögern - unter einem alten Nussbaum abgestellt wurde. Dort stand er schon so lange, dass er an sämtlichen Nähten seiner Karosserie angerostet war und vermutlich keinen Meter mehr bewegt werden konnte, ohne gänzlich auseinander zu brechen. Er erinnerte mich damit an den ebenfalls schwarzen Cadillac, welcher im Hof des Salvador Dali-Museums im spanischen Figueres stand oder vielleicht sogar noch steht. Wenn man in dessen Kühlergrill ein Geldstück einwarf, erhielt daraufhin die auf den vorderen Sitzen des Wagens befindliche Schaufensterpuppe aus einem über ihr befestigten Duschkopf eine durchaus reale Wasserdusche. Dali eben.

Hinter einem Schuppen an der rechten Seite des Hofes genoss - und tut dies vielleicht noch heute? - seine ewige Ruhe ein hellblauer Opel Rekord Caravan aus den frühen sechziger Jahren, mit dem ich noch selbst mitgefahren bin. Und im Hühnerstall schließlich mussten sich die Hühner keineswegs mit einem simplen Verschlag begnügen, sondern betteten sich zur Nachtruhe in einem uralten ausgedienten Ford-Kleintransporter, dessen weiße Farbe unter den zahlreichen Hinterlassenschaften des Federviehs natürlich zunehmend in Mitleidenschaft gezogen wurde.

Dies war also über Jahre der Ort meiner kindlichen Betätigung, dies waren die Herren der Landwirtschaft, welche ich über lange Zeit, statt mit gleichaltrigen Kindern zu spielen, zu meinem täglichen Umgang erwählte, welche gleichsam meine Familie bildeten. Und Familie bedeutete in der Tat, dass ich häufig bereits am Morgen dorthin lief und erst am Abend nach Hause zurückkehrte. Das beinhaltete längst nicht, dass meine Eltern damit einverstanden gewesen wären, ich tat aber, wie ich wollte. Zur Mittagszeit fuhren die Bauern, fuhr auch ich zum Hof zurück, jedoch nicht etwa, um zu Hause zu essen. Seit Herr Engels mir einmal angeboten hatte, mit den anderen Männern dort zu bleiben, zog ich es entschieden vor, mein Mittagsmahl gemeinsam mit ihnen einzunehmen. Dieses wurde immer von der alten Frau Engels, der Mutter des Hofbesitzers, welche sich bereits deutlich in den Achtzigern befand, zubereitet und bestand in aller Regel aus Kartoffeln, Gemüse und Fleisch - ein unbedingt nahrhaftes Essen für schwer arbeitende Bauern. Es wurde gereicht in einem kleinen Raum, welcher nur spärlich eingerichtet war mit einem alten Holztisch, drei Stühlen und einem alten Sofa. An diesem Tisch speisten des Mittags regelmäßig Herr Engels, Chris und ich. Es war eine Atmosphäre, wie ich sie kaum zu beschreiben vermag, so wundervoll, so friedlich, so häuslich - dies allerdings bei einer durchaus klaren Hierarchie. Nach dem Essen und nachdem Herr Engels ein wenig in der Tageszeitung geblättert hatte, pflegte er sich nämlich in seiner Eigenschaft als Haus- und Hofherr täglich auf das Sofa zu legen, um ein etwa halbstündiges Nickerchen zu halten. In dieser Zeit bemühten Chris und ich uns um äußerste Ruhe, denn Herr Engels wollte und sollte doch schlafen. Wir lasen also leise Zeitung und versuchten, beim Umblättern möglichst wenige Geräusche zu verursachen, was uns normalerweise auch gelang. Mein größtes Lob erfuhr ich in diesem Zusammenhang einmal, als Herr Engels sich inmitten seiner Ruhepause erkundigte:

„Ist der Kleine nach Hause?", worauf Chris leise rücksichtsvoll erwiderte:

„Nein, der sitzt hier", was Herr Engels mit der Bemerkung beantwortete:

„Oh, ist der aber ruhig."

Jedes Mal nach dem Ende der Mittagsruhe schritten die beiden Bauern und ich hinaus auf den Hof und ich wurde gebeten, den Schweizer zu wecken. Dieser wohnte ebenfalls auf dem Hof und zwar musste man zu seiner kleinen Wohnung links am großen Haus eine Auffahrt hochgehen, um vor dem schwarzen Opel Kapitän erneut links um die Ecke zu seiner Haustür zu gelangen. Diese war in der Regel verschlossen und als es mir sogar einmal durch ununterbrochenes Rufen und Klopfen nicht gelingen wollte, den Schweizer aus seiner Wohnung beziehungsweise aus seinem Mittagsschlaf zu holen, bat mich der Chef des Hofes wie selbstverständlich, mehrere Male laut und deutlich gegen die Türe zu treten und zwar so lange, bis der Schweizer eine Reaktion zeigte. Mir kam dies schon damals recht grob vor, allein es schien keine andere Möglichkeit zu geben, den Mann zu wecken, und seine unfreundlichen Blicke, die er mir anschließend regelmäßig zuwarf, erwiderte ich mit schlechtem Gewissen.

Wenn ich mir diese Zeilen noch einmal durchlese, kann ich mir beinahe nicht vorstellen, morgen Früh zur Arbeit zu gehen und einen normalen bürgerlichen Beruf auszuüben. Manchmal denke ich wirklich noch heute zur Sommerzeit, wo ich doch längst erwachsen sein sollte, dass die Felder in unserem kleinen Dorf mich rufen und ich - gemeinsam mit Herrn Engels und Chris - die Ernte einholen muss. In Wirklichkeit weiß ich natürlich auch, dass ein nicht geringer

Teil dieser Felder längst bebaut und damit der Natur für immer verloren ist, ich habe es selbst vor Jahren gesehen.

Diese Ernte erfolgte im Sommer immer so, dass Herr Engels mit dem an die Zugmaschine gekoppelten Mähdrescher vorfuhr und Chris mit dem zweiten Traktor hinterher, um die Strohballen aufzusammeln. Auf diese Art rückten auf den großen Feldern dann beide Männer manchmal optisch in immer weitere Ferne, um schließlich für lange Zeit hinter dem Horizont zu verschwinden. So saß ich an manchen Tagen allein und in sengender Sonne auf oder vielmehr unter den Anhängern und wartete auf das erneute Eintreffen der sich kreisförmig von außen nach innen vorarbeitenden Bauern auf dem Feld. Auch die Ruhe und Einsamkeit dieser Sommernachmittage sind mir für immer in wertvoller Erinnerung geblieben.

Natürlich gab es auch die Rüben- und Kartoffelernte im Herbst. Dazu existierte in der Vergangenheit die Möglichkeit einer preiswerten Erntehilfe. Die größeren Bauern in unserer Gegend erhielten nämlich die Gelegenheit, einmal pro Woche eine bestimmte Anzahl von Strafgefangenen aus der nahe gelegenen Justizvollzugsanstalt zu mieten. Und so fuhr Engels Hans also zu bestimmten saisonalen Hochzeiten einmal pro Woche mit einem beigefarbenen Ford Transit in die nächste Stadt, um dort regelmäßig sechs „Gefangene", wie sie im Dorf sowohl ehrfürchtig als auch vorwurfsvoll genannt wurden, abzuholen und sie den Tag über auf seinem Hof oder auf dem Feld bei der Arbeit einzusetzen. Der Zeitpunkt der Abholung lag natürlich immer sehr früh am Morgen und einige Male ist es mir gelungen, so pünktlich aufzuwachen, dass ich entweder zur rechten Zeit am Hof war oder durch den ersten Spurt des Tages an einer bestimmten Straßenecke noch rechtzeitig den Lieferwagen stoppen konnte, um außer Atem, aber glücklich gemeinsam mit Engels Hans diese weite Strecke fahren zu können. Manchmal noch in frühmorgendlicher Dunkelheit empfingen wir dann am Ausgang des Gefängnisses unsere sechs Gefangenen mitsamt einem in grüne Polizeiuniform gekleideten Wärter.

Die Arbeit auf dem Feld war schwer und bei den sechs Gefangenen handelte es sich in der Regel um junge Männer, die wegen leichter Delikte ihre Strafe absitzen mussten. Einer mit dem Namen Karl aus Aachen galt als absolut zuverlässig und nicht nur bei mir als sehr vertrauenswürdig. Als er einmal aus arbeitsorganisatorischen Gründen sogar mit mir alleine im Feld blieb, erzählte er mir bei dieser Gelegenheit, dass er wegen einer Kneipenschlägerei einsäße. Sein fehlender Schneidezahn sei dabei durch das gegnerische Stuhlbein draufgegangen. Karl war sehr fleißig, allerdings galt dies bei weitem nicht für jeden der Männer. Wenn etwa schwere Rüben von Hand auf den Hänger geladen werden mussten, dann konnte es vorkommen, dass manchmal einer wirklich über seiner Arbeit zusammenbrach, weil er entweder tatsächlich nicht mehr konnte oder aber dies nur vortäuschen wollte. Auch Letzteres konnte ich ihm nicht verdenken, denn ein wertvoller Anreiz zur Schwerarbeit bestand für einen Strafgefangenen wohl kaum.

Und so geschah es manchmal auch, dass urplötzlich irgendwo auf weitem Feld ein Pfiff ertönte, worauf umgehend mehrere der Strafgefangenen ihr Arbeitsgerät hinwarfen und wegliefen. Sie liefen, so schnell sie konnten, und sie liefen alle in dieselbe Richtung, nämlich dem nahe gelegenen Wald zu. Offensichtlich war das Vorhaben natürlich vorher abgesprochen worden, so dass alles sehr schnell ging und der erste Augenblick allgemeiner Verwirrung ausgenutzt werden konnte. Der Wärter zog in einem solchen Falle sofort seine Pistole, rief „Halt, stehen bleiben!" und schoss daraufhin einmal in die Luft, wie es wohl die Vorschrift verlangte. Die flüchtigen Gefangenen, junge Männer mit dem unzerstörbaren Drang nach Freiheit, ließen sich jedoch nicht mehr aufhalten und verschwanden bald im Dickicht des Waldes.

Wenn auch diese Geschichte relativ spannend klingt, so verlief sie am Ende dennoch eher unspektakulär. Schließlich kannten sich die Gefangenen in unserer Gegend überhaupt nicht aus. So fuhr Engels Hans mit dem Wärter sofort los und bereits nach wenigen Stunden konnte man erfahren, dass die Flüchtigen auch wirklich wieder aufgesammelt und ins Gefängnis zurückgebracht worden waren. Ihre Möglichkeit einer früheren Entlassung wegen guter Führung hatten sie damit natürlich vertan. Dies war für mich auch deshalb gänzlich unverständlich, weil die Gefangenen es bei Engels Hans relativ gut hatten - wie sie selbst es gerne schilderten. So waren sie zum Beispiel bei einem anderen großen Bauern in unserer Gegend gezwungen, die Mittagspause mit dem Essen auf dem Feld zu verbringen, wo sie oft bei großer sommerlicher Hitze keinen Happen herunterbringen konnten. Bei uns wurden sie hingegen regelmäßig zum Hof zurückgefahren, um in einem herrlich kühlen Raum durch die alte Frau Engels Fleisch und Kartoffeln zu erhalten und zum Nachtisch sogar noch jedes Mal leckeren Schokoladenpudding. Und zum Ende des Arbeitstages wurde ich sogar regelmäßig beauftragt, beim Händler für jeden Gefangenen ein Päckchen Batavia-Tabak mit Blättchen zum Selbstdrehen zu kaufen. Dies geschah als zusätzliche Mitgabe für die schwere Arbeit, die sie tagsüber auf dem Feld geleistet hatten, und das war auch in Ordnung so. Frühabends wurden sie in ihr Gefängnis zurückgefahren und ich freute mich in meinem kindlichen Gemüt schon jetzt auf den nächsten Donnerstag.

Zu den notwendigen Feldarbeiten kam an den Wochentagen ohne Gefangene häufig die Frau des Bauers mit Kaffeekanne, Saft und reichlich Butterbroten, belegt mit Wurst und Käse, ins Feld gefahren, so dass ich mit den Bauern bei herrlichem Wetter mitten in der Natur die Mittagspause abhielt, was für mich immer ein kleines

Paradies bedeutete, da ich unter freiem Himmel mit erwachsenen Männern meine Zeit verbringen durfte und außerdem natürlich, ebenso wie alle Männer, großen Hunger hatte.

Den Kuhstall auf dem Bauernhof hatte ich sozusagen zu meinem vormorgendlichen Revier auserkoren. Dort hielt ich mich häufig auf, wenn es etwa vor Tagesbeginn noch zu früh war, um in der Stadt die Gefangenen abzuholen oder im Regen nicht viel gearbeitet werden konnte, der Tag landwirtschaftlich insofern also ein verlorener war. Manchmal legte ich mich dann ins Heu und duselte noch ein wenig vor mich hin, denn bis zum Morgengrauen sollte häufig noch einige Zeit vergehen. So lag ich da und hörte auf die Geräusche der Tiere, um ihr sorgloses Ächzen und Schmatzen ganz in mich aufzunehmen. Den Klang und die Gerüche der Natur habe ich nie vergessen. Als ich jedoch eines Tages mit Engels Hans und Chris am Mittagstisch saß und beiläufig nach dem Fleischstück auf meinem Teller fragte, gab man mir zur Antwort, dass dies der Bulle Fritz sei. In einer seltsamen und befremdlichen Stimmung leerte ich meinen Teller.

Als richtiger Junge nahm ich einmal meinen Weg in den Kuhstall nicht regulär über den gekachelten Gang, sondern über die einigermaßen niedrige Mauer, welche die Standplätze der Kühe vom äußeren Stallbereich abtrennte. Wie so häufig trug ich Gummistiefel und an diesem Tag - leider - eine ganz neue Cordhose von hellgrüner Farbe. Da die Gänge im Stall in der Regel mit unterschiedlichsten Arten von Feuchtigkeit belegt waren, rutschte ich sehr unglücklich aus und landete genau in der Rinne hinter den Standplätzen der Kühe, in welche immer alles hineinlief, was die Kühe nach hinten heraus abgaben. Ich stank so jämmerlich, dass ich schleunigst nach Hause lief, wo mich meine Mutter, soweit ich mich entsinne, umgehend mitsamt meiner Kleidung unter die Dusche stellte.

Dennoch war es schön.

An einem Morgen ging ich einmal alleine in den Wiesen am Rande unseres Dorfes spazieren. Plötzlich sah ich weiter vor mir unsere Kühe auf der Weide stehen und neben einer von ihnen einen kleinen dunklen Punkt im Gras. Sofort wusste ich, dass es ein neugeborenes Kälbchen sein musste, eilte zum Hof und informierte die Männer. Umgehend wurde ein Ballen Stroh auf den Anhänger geladen, dort säuberlich verteilt und wenig später waren wir unterwegs zur Weide, wo wir das Neugeborene auf den Anhänger legten und nach Hause fuhren. Niemals habe ich etwas Schlimmeres gerochen als die erste Hinterlassenschaft eines neugeborenen Kälbchens im Stroh. Und immer bin ich diesem Ereignis, wenn man es denn so nennen sollte, daher in Zukunft tunlichst aus dem Wege gegangen.

In der Vorweihnachtszeit standen wir einmal alle zusammen müßig und schon festlich gestimmt auf dem Hof herum, also der Schweizer, Chris, Engels Hans und ich. Als der Schweizer überraschend vom Chef zum Fest eine lebende Gans als Geschenk erhielt, zögerte er nicht lange, sondern klemmte sie zwischen seine schiefen Beine, so dass der gefiederte Körper nach hinten rausschaute und nur der verdutzte Kopf nach vorne zeigte. Und ehe ich mich versah, hatte er sein Taschenmesser gezogen und dem Federvieh seinen Kopf abgeschnitten - zu seiner Freude und derjenigen der anderen Männer. Ich aber erschrak natürlich über diese mir gänzlich ungewohnte Grausamkeit.

Mir selbst hat Frau Engels übrigens damals zum Weihnachtsfest eine lederne Briefmappe geschenkt, die ich immer in Ehren gehalten habe und noch heute besitze.

Die Zeit der Ernte in jenen Jahren war immer eine Zeit von hektischer Betriebsamkeit. Gearbeitet wurde, sofern das Wetter es erlaubte oder häufig sogar dringend erforderte, auch nachts. Natürlich war ich dann nicht zugegen, konnte aber mit Spannung am nächsten Tag die Ergebnisse der

Arbeit begutachten, weil ich doch sehr mit allem mitfühlte und so auch mit jedem gut gefüllten Anhänger voller Gerste oder Weizen, der dann in einer mindestens halbtägigen Reise zu einer weit entfernten Sammelstelle gefahren wurde. Dabei fuhren wir so, dass ein Anhänger häufig mit einem zweiten hintereinandergekoppelt wurde und der zweite Traktor, der seinerseits ebenso zwei schwer beladene Anhänger zog, uns langsam und in sicherem Abstand folgte.

Vorher hatte ich immer von meinem Bett aus spät in der Nacht die Bauern mit ihren Maschinen zurückkehren hören auf meinen geliebten Bauernhof, den ich gleich am Morgen dringend wieder aufsuchen würde. Das nahm ich mir dann jedes Mal fest vor.

In einer jener Nächte geschah ein schreckliches Unglück, dessen ganzes Ausmaß ich erst nach und nach erfuhr. Wie die Leute im Dorf erzählten, muss wohl der Schwager des Engels Hans auf dem Feld irgendwie zwischen zwei Fahrzeuge geraten und so zu Tode gekommen sein. Was immer die Leute auch reden, jedenfalls fuhren kurze Zeit später Engels Hans, Chris und ich ins benachbarte Dorf auf den Hof des Verstorbenen, welcher ja nun nicht mehr bewirtschaftet wurde. Dort war dann alles völlig verlassen, was mich als Junge natürlich ziemlich befremdet hat. Der Grund für unsere Fahrt dorthin war derjenige, dass wir einen großen grünen John Deere-Traktor abholen wollten, welcher fortan auf unserem Hof seine Dienste leisten sollte. Die Frau des Verstorbenen, nämlich die Schwester des Engels Hans, lebte fortan mit ihren Töchtern auf dessen Hof.

Alles in allem spielte sich letzteres Ereignis bereits zu einer Zeit ab, in der ich langsam älter wurde und mich emotional allmählich vom Bauernhof zu entfernen begann. Schuld daran trug natürlich auch die Schule mit ihren zunehmenden Anforderungen. Einmal sollte in den Weiden des Engels Hans ein kleiner Teich trockengelegt werden. Warum dies notwendig war, erfuhr ich ebenfalls nie und fragte auch nie danach. Tatsächlich war dieser Teich, den wir Kinder großmütig als „See" bezeichneten, ein beliebtes Ziel an eisigen winterlichen Tagen. Dann nämlich wanderten die Kinder des Dorfes oft geschlossen dorthin, indem sie die trennenden Drahtzäune nicht selten unbrauchbar machten. Allzu gut erinnere ich mich noch an einen Vorfall, bei dem ein Junge aus dem Unterdorf mit Namen Heinz-Willi im Eis einbrach, obwohl ihn vorher alle gewarnt hatten, denn die vereiste Oberfläche vermochte sein Gewicht einfach noch nicht zu tragen. Da er aber durchaus nicht hören wollte, musste er eben fühlen und anschließend schlotternd aus eiskaltem Wasser gezogen, um danach von seiner besorgt weinenden Schwester durch das ganze Dorf nach Hause gebracht zu werden. Es war bitterkalt damals und Heinz-Willi verschwand folgerichtig für längere Zeit in seinem Bett und aus der Schule.

Insofern mögen auch solcherlei Geschehnisse letzten Endes Engels Hans dazu bewogen haben, den Teich abzulassen. Es war dies ein herausragendes Ereignis für alle Kinder des Dorfes - nur ich durfte an diesem Tage nicht zusehen, weil ich Schulaufgaben zu erledigen hatte und meine Mutter es mir daher verbot. Wie wichtig es für mich gewesen wäre, dabei zu sein, hat sie eindeutig nicht verstanden, denn sonst hätte sie mich mit Sicherheit gehen lassen. Als Engels Hans mir später erzählte und mit seinen Armen verdeutlichte, welch dicke Fische sie bei der Trockenlegung herausgeholt hätten, war ich in der Tat der Verzweiflung nahe. Allein es war zu spät.

Das Jahr 1972 hat sich mir ins Gedächtnis eingegraben, weil es vermutlich für das endgültige Ende meiner Zeit auf dem Bauernhof stand. Inzwischen war es wieder Winter und längst gab es auf dem Hof nichts zu tun. Für mich wurden solche Tage immer besonders deutlich, weil einfach Chris mit seinem uralten Moped nicht erschien. Wenn ich dann, wie immer und vollkommen selbstverständlich, auf dem Hof auftauchte, traf ich häufig nur auf Engels Hans, der bei solcher Gelegenheit in seiner Werkstatt irgendwelche Sachen reparierte. Im Sommer sonntags morgens, wenn andere Leute sich in der Kirche aufhielten, sagte er nicht selten, gut gelaunt wie eigentlich immer, zu mir: „Komm, fahren wir ein Töürchen!" Schon bald saßen wir gemeinsam in seinem mächtigen dunkelblauen Opel Kapitän, dessen Kennzeichen ich sogar heute noch im Kopf habe, und fuhren durch die Felder, um nach dem Rechten zu sehen, denn das meiste Land, welches damals unser Dorf säumte, gehörte doch ihm. Und ich, ich war an solchen Tagen, wenn wir beide fuhren und ich ihn sozusagen ganz für mich allein hatte, sehr glücklich.

Zum Ende des genannten Jahres allerdings, als also die bäuerliche Arbeit ruhte, war Engels Hans mit etwas gänzlich anderem beschäftigt. Er hatte nämlich begonnen, sein Wohnhaus um einen Anbau zu erweitern, welcher mittlerweile stand und sogar bereits ein Dach besaß. Was jedoch noch fehlte, war die Wärmedämmung von innen. Und so kletterten wir beide unter den Dachziegeln auf den Holzbalken herum und brachten gemeinsam Glaswolle an. Auch dies bereitete mir natürlich große Freude. Stundenlang arbeiteten wir dort über einen ganzen Tag. Erst als ich schließlich nach Hause kam, begann es überall unter meiner Kleidung auf der Haut zu jucken, so dass meine Mutter mich schleunigst in die Badewanne steckte, wo ich mich im warmen Wasser mühsam von all den Glasfasern befreite.

Viele Jahre später habe ich Engels Hans noch einmal besucht. Damals war er bereits über achtzig und hatte - ich konnte es kaum glauben - mit dem Rauchen aufgehört! Er genoss in aller Ruhe und ohne Sorgen seinen Lebensabend und, wie zu hören ist, soll er sogar immer noch leben. Und also kann ich in aller Zufriedenheit an ihn zurückdenken, an ihn und an seinen treuen Gehilfen Chris, welcher allerdings längst gestorben ist. Niemals gab es - zumindest in meiner Gegenwart - ein hartes Wort zwischen beiden, immer verlief ihre Zusammenarbeit für mein kindliches Gemüt harmonisch. Und so ist auch die Erinnerung an den großen Bauernhof immer eine wunderschöne geblieben und ich kehre in Gedanken gerne dorthin zurück.

Eine Eisenbahnfahrt

Meine Reise nach Berlin trat ich dieses Mal mit der Eisenbahn an. Sie besitzt so manchen Vorteil. Zum Beispiel ist die Bahn wesentlich umweltfreundlicher als das Auto, das Reisen verläuft deutlich entspannter, weil man nicht dauernd auf Verkehrszeichen und leichtsinnige Autofahrer achten muss. Auch gibt es keine Staus, welche immer regelmäßiger zu viel unserer wertvollen Zeit in Anspruch nehmen.

Die großen Reisezüge sind heutzutage so durchorganisiert, dass bestimmte Wagons exakt in bestimmten Zonen des Bahnhofs halten, so dass die Fahrgäste ziemlich genau zu ihren im Voraus gebuchten Sitzplätzen gelangen können. In unserem Falle stellte sich die Aneinanderreihung der einzelnen Wagen leider im umgekehrten Sinne dar, somit waren alle Reisenden gezwungen, zügig zum Ende beziehungsweise zum Anfang des Zuges zu eilen. Da die Einfahrt in den Bahnhof jedoch pünktlich geschah und somit alle Anschlussverbindungen gehalten werden konnten, beunruhigte dies niemanden mehr als andere kleine Nickeligkeiten, die einem auf Reisen manchmal widerfahren, wodurch aber doch das Reisen auch interessant wird.

Eine höhere Aufmerksamkeit hingegen wurde nach der Abfahrt der Tatsache gewidmet, dass der Zug irgendwo auf der Strecke im Niemandsland plötzlich anhielt und man per Lautsprecher die freundliche Ankündigung vernahm, ein Weichenschaden läge vor und die Reparatur würde eine Weile in Anspruch nehmen. Diese Auskunft wurde allerdings wenig später revidiert, weil der Schaden leider irreparabel und man daher gezwungen sei, etwa zwanzig Kilometer der Strecke zurückzufahren, um in ein anderes Gleis zu gelangen, von entsprechender Verspätung sei mittlerweile leider auszugehen. In dieser Situation bot die nochmalige Durchsage, die Weiche könne nun doch repariert werden und anschließend die Weiterfahrt fortgesetzt werden, eine gewisse Erleichterung.

Sobald sich der Zug auch tatsächlich wieder in Bewegung setzte, teilte die freundliche Stimme per Lautsprecher mit, dass aufgrund der Umstände jeder Reisende ein nicht alkoholisches Getränk gratis zu sich nehmen könne, sobald er sich im Speisewagen einfände. Als ich mich zu einem Kaffee entschlossen und den Speisewagen erreicht hatte, traf ich dort auf eine kleine Gruppe bereits sich geduldender Fahrgäste, weil leider der Kaffee gerade ausgegangen war.

Zurück auf meinem Platz drang immer deutlicher in mein Ohr die hektische Stimme einer jungen Mitreisenden, welche per Handy ein Dauergespräch zu führen schien, dieses jedoch in einer Lautstärke, die alle um sie herum nicht überhören konnten, was den einzelnen Reaktionen und leisen Gefühlsäußerungen wie einem gemurmelten „unfassbar" zu entnehmen war. Diese Dame berichtete nämlich nicht nur lautstark, dass sie gerade im Zug von Köln nach Berlin säße, sondern auch, wann sie abgefahren sei und wo sie sich im Augenblick gerade befände et cetera et cetera. Dass sie noch zur Schule ginge, durften wir alle ebenso mit anhören wie die Tatsache, dass ihr Englisch gut sei, der Lehrer allerdings trotzdem immer irgendetwas auszusetzen habe und in ihren Texten permanent Umstellungen vornähme.

Wesentlich intensiver ließ sie sich jedoch über ihre Lieblingsbeschäftigung aus: ganz offensichtlich das Tanzen. Hier sah sie sich ebenfalls zur Kritik gezwungen und zwar an ihrem Tanzpartner, der seinerseits an ihrem Stil etwas auszusetzen habe. Dies habe er ihr zwar nicht persönlich gesagt, sie habe es allerdings über Dritte gehört. Außerdem war sie der festen Überzeugung, dass die allermeisten Männer – zumindest beim Tanzen – schlecht aus dem Mund riechen würden, was überhaupt nur durch regelmäßiges Zähneputzen geändert werden könne. Und dadurch, dass Männer beim Tanzen immer führen wollten, könne sie sich ohnehin nicht entspannen.

Bei alldem sei erwähnt, dass ich, wie nicht nur auf Reisen üblich, ein Buch vor mir hatte, in dem ich allerdings nur hin- und herblättern konnte, da an so etwas wie Konzentration und – etwa Entspannung – meinerseits natürlich nicht und niemals zu denken war. Während ich also in die Runde schaute, sah ich auf dem Platz unmittelbar vor mir einen eigentlich nicht unintelligent wirkenden Japaner mit Laptop auf dem Schoß. Dieser genoss gerade einen Spielfilm mit englischen Untertiteln etwa folgenden Inhalts: „We are the Police, you can`t escape." In der nächsten Szene wurde ein übernervöser Mann mit Schusswaffe in der rechten Hand gezeigt, während an seiner linken Schulter ein sehr hübsches Mädchen entweder ohnmächtig oder schlafend lag. Unmittelbar darauf lief an ihrem Gesicht Blut hinunter, eventuell ist sie sogar gerade gestorben.

Im Mittelgang unseres Waggons trug inzwischen eine junge Mutter ihr unentwegt hicksendes Baby so lange hin und her, bis sie schließlich völlig entkräftet wirkte und das Kleinkind, munter weiter hicksend, am Körper seiner Mutter immer tiefer rutschte, weil sie es offensichtlich einfach nicht mehr halten konnte. Sie wirkte so, als wenn sie am liebsten von jemandem gefragt worden wäre, ob man es mal abnehmen und statt ihrer halten sollte. Zur gleichen Zeit berichtete eine andere Mutter, dass in ihrem Leben wirklich nichts Schöneres hätte geschehen können als die Schwangerschaft. Dies erzählte sie einem vermutlich ehemaligen Bekannten, den sie heute im Zug wiedergetroffen hatte. Seine Reaktion auf dieses mütterliche Glück konnte ich nicht mehr mitverfolgen, denn der Zug fuhr eben im Berliner Hauptbahnhof ein.

Ich bin immer noch der Meinung, dass die Bahn ökologisch sinnvoller ist als die individuelle Art, per Automobil zu reisen. Man möge es mir aber nicht verübeln, dass ich mich, anderntags zu Hause angekommen, wenigstens für einige Minuten ruhenden Motors in mein eigenes bequemes Auto setzte - aus Entspannungsgründen sozusagen.

Annäherung an eine Spinne

Seine damalige Studentenwohnung lag direkt unter dem Dach und zeigte sich also im Sommer oft drückend heiß, im Winter hingegen garstig kalt. Dennoch war es ja seine erste eigene Wohnung und damit sein eigenes Reich, in das er sich zurückziehen konnte vor der Welt und in dem er tun und lassen wollte, wie es ihm gerade beliebte. Der Blick aus seinem Fenster ermöglichte eine Aussicht über die schwarz und rot gedeckten Dächer der Stadt – eine Perspektive von hoch oben bis hin zu dem Punkt, an welchem Erde und Himmel miteinander verschmolzen und wo bald vielleicht schon wieder eine andere Stadt begann.

Schon als Kinder hatten sie in einem alten Haus gewohnt mit Bäumen und Büschen drum herum. Diese führten vor allem im Sommer regelmäßig dazu, dass große schwarze und wirklich äußerst unschön anzusehende Spinnen ihnen Besuch abstatteten und dann an den Wänden oder auf der Erde entlangliefen, wie es Spinnen nun einmal tun, um unter normalen Umständen irgendwann wieder genauso zu verschwinden, wie sie überraschend erschienen waren. Aus jener Zeit behielt er sozusagen immer einen ganz gehörigen Respekt vor diesen in der Natur doch eigentlich so nützlichen kleinen Tieren. Während seine Mutter sie immer mit dem nächsten erreichbaren Schuh zu erledigen pflegte und dadurch häufig dunkle Flecken auf der Tapete hinterließ, ging er ihnen heute lieber aus dem Weg beziehungsweise war er stets bemüht, sie irgendwie zu entfernen – ohne ihnen dabei jedoch zu nahe zu kommen oder gar zu schaden.

In seiner eigenen geliebten kleinen Wohnung nun lag er eines Nachmittags auf dem großen schwarzen Bett, das er einmal gebraucht erstanden hatte und in dem der oder einer der Vorbesitzer an Staublunge gestorben sein sollte. So hieß es. Er wollte ein wenig von den Anstrengungen des vorigen Abends ausruhen, an welchem, wie so häufig zu jener wilden und unschlüssigen Zeit, irgendwo eine Party stattgefunden hatte. Es war April und nach scheinbar ewig langem Winter sogar zum ersten Male wirklich mild, so dass kein Zweifel mehr daran bestehen konnte, dass der Frühling Einzug hielt.

Ein wenig war er wohl eingenickt, was zwar ursprünglich nicht beabsichtigt, aber nun einmal eingetreten und von daher in Ordnung war. Als er erwachte, suchte er also nach Orientierung im fortgeschrittenen Tag und öffnete zu diesem Zwecke ganz leicht die Augen, welche ihm allerdings gleich darauf schon wieder zufielen. Als Student gehört einem die Zeit und also beließ er es erst einmal bei diesem entspannten und ausgeruhten Zustande.

Etwas jedoch gehörte nicht hinein in diesen Augenblick, das war ihm – hinter mittlerweile erneut geschlossenen Lidern – ziemlich schnell deutlich geworden. Beim Öffnen der Augen nimmt man sofort bestimmte Dinge wahr. In seinem Falle auf der Seite, auf der er lag, konnten dies nur sein das Tageslicht, die helle Tapete mit davor befindlicher Heizung und darüber das kleine schmale Dachfenster, auf welchem bei Regen die Tropfen immer so schön trommelten und auf diese Weise ihm ein wenig die Natur draußen auch bei geschlossenem Fenster in die Stube brachten. Aber nun war da noch etwas anderes, Unbekanntes, Dunkles unmittelbar vor ihm auf seinem Kopfkissen, das sich vorher nicht dort befunden hatte und wohl auch nicht hingehörte. Während er so nachdachte, entschloss er sich, noch einmal vorsichtig zu blinzeln und die Situation genauer zu prüfen. Dabei erblickte er nun endgültig und nicht mehr von der Hand zu weisen einen schwarzen Punkt in ganz kurzem Abstand vor seinem Gesicht. Durch erneutes Schließen der Augen versuchte er zunächst, der neuen und im Augenblick nicht so sehr willkommenen Situation möglichst nicht zu begegnen. Aber dieser Zustand ließ sich natürlich nicht ewig so beibehalten. Also öffnete er schließlich ganz langsam seine Augen endgültig und erlaubte sich den Blick auf das, was da vor ihm sich ereignete. Dort saß nämlich in der Tat eine kleine schwarze Spinne, ein Baby noch, wie sich bei genauerem Hinsehen herausstellte. Und dieses Baby bewegte sich.

Blitzschnell versuchte er der Situation durch erneutes Schließen zu entkommen, wusste allerdings auch, dass nun schleunigst etwas geschehen musste. Einerseits war da diese alte Angst vor Spinnen, aufgrund derer er vielleicht jetzt hätte hysterisch aufspringen müssen. Aber war es das dann? Bestand dazu überhaupt eine Notwendigkeit? Was sollte er tun?

Er beschloss, mutig zu sein. Also begann er vorsichtig, das kleine und aus anerzogener Gewohnheit im Grunde verhasste Lebewesen zu beobachten, ohne sich auch nur ein wenig zu bewegen. Dabei wog er verschiedene Dinge gegeneinander ab. Eine schnelle Flucht würde ziemlich sicher dazu führen, dass die kleine Spinne genauso handelte. Da er ein Mensch und ihr weit überlegen war, konnte er sie andererseits auch ohne weiteres töten und sich so des Problems entledigen. Dies aber durfte quasi aus moralischen Gründen für ihn nicht in Frage kommen. Mit äußerster Langsamkeit, gleichsam in Zeitlupe erhob er sich von seinem Kopfkissen, so dass dies der Babyspinne im denkbar günstigsten Falle vielleicht noch nicht einmal auffiel. Nun schob er seinen Körper lautlos und ohne jede Erschütterung vom Bett, bis er schließlich danebenstehen und einen distanziert gesicherten Blick auf seinen Gast werfen konnte. Dieser gab sich allerdings relativ unbeeindruckt, so dass der Gastgeber nicht nur Ruhe, sondern auch Zeit gewann. Eines war klar: Dieses kleine Lebewesen war ihm völlig ausgeliefert, befand sich in seiner Macht und nur er alleine bestimmte über seine Existenz. Was sollte nun also werden und wie fügte sich dies zusammen mit seiner eigentlich doch durchgehend vorhandenen Angst vor Spinnen an sich? Galten die alten Wertvorstellungen und alten Ängste in dieser Form überhaupt noch?

Wenn man viele Dinge lange überlegt, ist das Ergebnis häufig nicht besser als dasjenige bei einem spontanen Entschluss. Und also besorgte er kurz entschlossen eiligst ein Glas aus dem alten Küchenschrank, fing die Spinne vorsichtig darin ein und schenkte ihr durch das geöffnete Fenster die kleine Freiheit, welche nun für sie eine große werden konnte, stand sie doch erst am Anfang ihres Lebens.

Die irrationale Angst vor Spinnen war durch rationales Überlegen und Handeln zumindest deutlich in den Hintergrund gedrängt worden. Und Jahre später fing er – keineswegs ausschließlich mit angenehmen Gefühlen – in wärmeren Jahreszeiten fast täglich irgendwo in seinem Hause eine Spinne, um sie draußen im Garten freizusetzen. Dabei war er sich sogar ziemlich sicher, dass er manche durchaus statthafte Exemplare schon öfter als einmal eingefangen hatte, Spinnen aber offensichtlich auch ihren eigenen Kopf besitzen und den eigenen Weg gehen. Und dieser führt dann häufig vom Garten gleich wieder zurück etwa zum beleuchteten Kellerfenster. Sei`s drum, das Erlebnis mit der Babyspinne in seiner Studentenzeit hatte ihn in dieser Hinsicht wirklich weitergebracht und ein ganzes Stück an diese nützlichen Lebewesen angenähert.

Carpe diem

Bei hochsommerlichen Temperaturen sitze ich im Garten unter einem Fliederbaum, während rechts von mir ein gräuliches Blätterrascheln unter den Sträuchern von der unentwegten Tätigkeit einer Futter suchenden Amsel zeugt. Für sie wird es bei dieser Trockenheit immer schwerer, etwa Regenwürmer zu finden, so dass die Nahrungsbeschaffung zuweilen durchaus zu einem existentiellen Problem werden kann.

Unmittelbar vor mir erhebt sich majestätisch egoistisch eine österreichische Schwarzkiefer, welche sich mit ihrem Geäst einigermaßen rücksichtslos in alle Richtungen ausdehnt. Somit auch in diejenige des dicht neben ihr schlank und ein wenig eingebildet stehenden Mammutbaumes aus der Familie der Sumpfzypressen, welcher den durch die Kiefer verursachten Platz- und Lichtmangel elegant durch seine Höhe ausgleicht. Davon rechts wohl der Baum, der mir, wenn ich sämtliche Vor- und Nachteile der Großgewächse im Garten erörtere, letzten Endes der liebste ist. Die Rede ist von einer ganz normalen Hainbuche. Keiner der anderen Bäume nämlich lässt mich so sehnsuchtsvoll den Frühling erwarten wie diese mit ihren flaumig hellbraunen Knospen, an denen dann endlich, endlich und viel zu spät das wundervoll zarte und wohl unschuldigste Grün neuer Blätter sich entfaltet, wodurch dann wirklich die wärmere Jahreszeit beginnt. Sogleich aber erwacht in mir die Angst, dass bereits im August, also doch noch mitten im Hochsommer, diese Buchenblätter nicht nur ihre Zartheit, sondern ebenso ihre Farbe verlieren werden. Vom hellen Grün gehen sie schnell über in ein müdes Gelb, wobei die ersten von ihnen sogar schon wieder auf die Erde hinabrieseln.

Ebendies ist im Augenblick schon wieder Realität an einem heißen Augusttag. Also genieße ich das vorsichtige Rascheln des Windes in den Blättern, die Musik der Natur.

Niemand ist draußen, nur ich fühle mich nahezu gedrängt, einen solchen Tag unter freiem Himmel zu erleben, weil ich nur zu gut weiß, wie schnell die Schönheit der Blumen und der Gesang der Vögel schon bald wieder der Vergangenheit eines alten Jahres angehören werden.

Zwischen Sumpfzypresse und Hainbuche wachsen zwei Fichten, die, ich gestehe es freimütig, mir nicht allzu viel bedeuten. Sie stehen dort nur, weil sie schon immer da waren, finden sich aber zwischen ihren baumigen Nachbarn gänzlich eingeengt, so dass sie ein ärmliches Dasein fristen und nur unten herum überhaupt Raum nutzen können, um ihre Zweige auszubreiten. Und selbst dort beansprucht den größten Platz ein dunkelrot blühender Rhododendronstrauch. Entsprechend bescheiden verläuft das Wachstum jener Nadelbäume, bis vielleicht eines Tages die freie Entfaltung der Natur über ihr Ende beschließen wird und dann wäre es somit gerecht.

Zurück zur österreichischen Schwarzkiefer, genauer zu ihrem unteren Stamm. Gleich dort nämlich hat sich an der Erde, von selbst und anfangs gänzlich unbemerkt, ein neuer Trieb des eben erwähnten Rhododendrons hoffnungsvoll entwickelt. Diesen gedenke ich in meinem Sinne zu nutzen, indem ich ihm gleichsam seine Existenzberechtigung zugestehe, um, auch meinerseits durchaus hoffnungsvoll, mit seiner Hilfe eines Tages eine Reihe anderer, seit jeher ungeliebter Sträucher zu ersetzen, indem ich nämlich, wie es meiner üblichen Vorgehensweise entspricht, niemals rigoros und im wahrsten Sinne des Wortes radikal, also an die Wurzel gehend, Sträucher und Bäume entferne, aus dem Gesamtbild des Gartens löse, sondern eher langsam und bedächtig. Je größer und prächtiger also eine mir genehme Pflanze, ein Baum, ein Strauch sich entwickeln möchte, desto mehr Raum gestehe ich ihm zu, desto weniger Beschneidung und Kürzung erfährt eine solche Pflanze.

Übrigens beansprucht diese subtile, langsame Methode etwas, wovon ich selbst nicht hinreichend besitze, nämlich

Zeit. Also weiß ich gar nicht so genau, ob ich den angedachten umfangreichen Rhododendronbusch in vielen Jahren überhaupt noch erleben darf. Vielmehr ist mir schon sehr lange klar, dass all das, was hier wächst und gedeiht, in seiner Gesamtheit immer da sein wird – ganz im Gegensatz zu mir. Und daher kann ich also gar nicht anders, als hier draußen zu sein und den Tag auf diese Weise zu nutzen – solange es mir möglich ist.

Das alte Sofa

Ich habe mein altes Sofa verloren. Es war sehr groß, rot und durch die vielen Jahre reichlich abgenutzt, das stimmt schon. Zumindest an einer Seite fiel man fast in das Möbel hinein, wenn man sich gemütlich hinsetzen wollte, denn die Metallfedern waren völlig ausgeleiert. Und immer wenn ich ein Nickerchen darauf gemacht habe, tat mir anschließend der Rücken weh. Dennoch habe ich das Sofa sehr geliebt, denn es stand gleichsam für mein lockeres Studentenleben.

Nahezu alles in meiner ersten eigenen Wohnung hatte einen Bezug zu diesem Sofa, um was immer es sich auch handelte. Dort wurde zum Beispiel - gesessen. Bei manchen meiner früheren Freundinnen erinnere ich mich noch genau, *wie* sie dort saßen, die eine lieber auf der linken Seite, eine andere bevorzugt rechts von mir. Natürlich wurde dort auch gelegen, geraucht, ebenso gegessen, gelesen, diskutiert, Musik gehört oder einfach nur nachgedacht und aus dem Fenster geschaut. Das alte Sofa war sozusagen der Nabel meiner Welt, von dem aus ich alles plante und in Angriff nahm. Eigentlich wollte ich es wirklich immer behalten.

Nun ist es nicht mehr da. Nachdem wir es zum Abtransport bereitgestellt hatten, kam am Morgen ein großes Müllauto und nahm es mit. Noch während ich im Bett lag, hörte ich, wie es unter brutalem Krachen, einem verzweifelten und anklagenden Schreien nicht unähnlich, von der eisernen Presse zermalmt wurde. Es hatte am Ende ausgedient und wurde schon lange nicht mehr benutzt außer vielleicht durch die Katze.

Manchmal muss man sich im Leben von Dingen trennen, so sagen die Leute. Das habe ich getan. Aber nun überlege ich mir die ganze Zeit, wo das alte Sofa eigentlich gerade ist in all seiner Zerstörtheit und was fremde Menschen wohl noch alles mit ihm anstellen wollen, jetzt wo ich es verstoßen habe.

Mir fehlt plötzlich etwas und ich bin nicht mehr glücklich.

Die Blaufichte

Irgendwann wurde endlich ein Loch in die nordöstliche Wand unseres Hauses gebohrt, um an dieser Stelle ein Fenster einzusetzen. Dies konnte nicht geschehen ohne großen Schmutz und Staub sowie unendlichen und für mich ewig unvergesslichen Lärm, verursacht durch eine riesige Bohrmaschine, wie ich sie bis dahin noch nie gesehen hatte und deren Geräusch sogar noch in den nahe gelegenen Wäldern zu vernehmen war.

Als mir dann zum ersten Male die Möglichkeit gegeben wurde, das zu erblicken, was ich mir hinter dieser Außenwand immer vorgestellt hatte, war ich zunächst überrascht. Es handelte sich nämlich gar nicht um die freie Aussicht über das weite Land, von der ich immer geträumt hatte und welche von dem ziemlich hoch gelegenen Gebäude aus doch eigentlich hätte gegeben sein müssen. Stattdessen erblickte ich einen Baum, dessen Platz nach meiner Berechnung eigentlich wesentlich weiter rechts hätte sein müssen. Dem war nun ganz offensichtlich nicht so.

Nachdem ich mir zunächst ausmalte, dass ein Baum unmittelbar vor dem Fenster den dringend gewünschten Lichteinfall unter Umständen erheblich reduzieren würde, begann ich mich nur langsam mit dem Gedanken anzufreunden, dass es sich andererseits hier um ein Stück meiner ewig geliebten Natur handelte, welche nun, wenn auch nicht in der Wohnung, so doch gleichsam mit einem Bein beziehungsweise Ast in derselben stand. Von diesem Fenster aus würde ich in Zukunft immer die Möglichkeit haben, Natur hautnah zu erleben, sie zu atmen oder gar zu berühren.

Der Baum, von dem hier die Rede ist, war übrigens eine Blaufichte und somit ein Nadelbaum aus der Gattung der Fichten. Ursprünglich stammt die Art aus den Rocky Mountains im Westen der USA und hatte in Mitteleuropa aufgrund ihrer Anspruchslosigkeit rege Verbreitung erfahren. Was die Blaufichte wirklich nur bedingt ertragen konnte, war ein schattiger Standort. Um diesen allerdings handelte es sich neben unserem Hause mit Sicherheit nicht. Dafür jedoch stand sie ein wenig sehr eng neben der Hauswand, so dass ihre Zweige zu dieser Seite hin dazu bestimmt waren, den Kampf gegen die steinerne Wand auf immer zu verlieren und also mit den Jahren zu verkümmern.

Ökologisch betrachtet, beeinflusst jeder einzelne Baum für sich genommen die Abfluss- und Speicherverhältnisse einer Landschaft ganz erheblich. So erreichen zum Beispiel schwache und kurze Niederschläge den Boden manchmal überhaupt nicht. Bei stärkeren Niederschlägen läuft ein Teil des Regenwassers über Zweige, Äste und Stamm hinunter. Der andere Teil tropft zu Boden. Immer aber werden bestimmte Anteile der Niederschläge im Kronenraum eines Baumes – und zwar vor allem bei Nadelbäumen – zurückgehalten, verdunsten dort und erhöhen auf diese Weise die Luftfeuchtigkeit. Je großblättriger dabei ein Baum ist, desto besser kann das Wasser zusammenlaufen und desto weniger Niederschlagswasser vermag der Baum zurückzuhalten. Insofern verfügen also Nadelbäume über die größte Rückhaltefähigkeit, weil sich bei ihnen im Falle länger anhaltenden Regens um jede einzelne Nadel eine Wasserschicht bildet. Somit auch meine Blaufichte.

Die Jahre, sie vergingen dann wirklich sehr schnell. Und immer stand die Fichte dort vor dem Fenster, im Sommer, wenn die Kinder auf der Suche nach einem schattigen Plätzchen zu ihren Füßen saßen oder im Winter, wenn die Vögel auf ihren Zweigen landeten, dabei den Schnee herunterrieseln ließen und – ganz ähnlich den Menschen – die wärmere Jahreszeit herbeisehnten. Immer stand sie dort in majestätischer Würde und strahlte ihre blaue Ruhe aus, als könnten ihr Witterungsbedingungen ohnehin nichts anhaben.

Als ich einmal an einem Wintertag morgens das Fenster öffnete, lag frischer weißer Schnee zentimeterhoch auf ihren Zweigen, so dass ich ganz aus der Nähe diese berühren oder die mit gefrorenem Nass bedeckten Triebe kühl umfassen konnte. Kälte strömte in das Zimmer und hüllte mich ein, während der prächtige Baum wie immer in derselben gemächlichen Haltung und mit derselben Ruhe seines waldigen Geruchs hier draußen mir ganz nahe war. Unten auf der Straße beim Rodeln jubelnde Kinder gehörten dabei nicht zu dieser Welt des Holzes und der Nadeln, bewegten sich gar in weiter Ferne.

Immer aber hatte meine Fichte etwas seltsam Geheimnisvolles. Des Nachts streiften die Zweige manchmal und je nach Wetterlage die metallene Fensterbank und erzeugten dabei ein leise kratzendes Geräusch, als wollte der Baum mir etwas mitteilen. Dann wusste ich, ohnehin häufig ohne Schlaf daliegend, immer gleich, dass - zur Winterzeit gar eisiger - Nordwind herrschte und Kälte zu uns herüberwehte, über deren Auswirkungen für den nächsten Tag ich mir dann schon mal Gedanken machen konnte, bevor irgendwann der Wecker klingelte und mich nun tatsächlich und unbarmherzig in diesen müden neuen Tag hinausschickte.

Im Januar eines Jahres wütete ein Orkan mit bis dahin noch nie erlebter Gewalt. Eine ebenfalls im Garten stehende große Schwarzkiefer wurde vom Sturm nicht nur, wie ich es schon oft gesehen und immer wieder mit großem Interesse beobachtet hatte, arg durchgeschüttelt, sondern einmal sogar für die Dauer mehrerer Sekunden gebogen, als wollte sie jeden Augenblick davonfliegen. In meiner Erinnerung verglich ich dieses Bild, welches sich mir am Nachmittag und somit wirklich bei vollem Tageslicht geboten hatte, mit einer Pusteblume, gegen welche man mit aller Kraft bläst, um ihre kleinen Fallschirme möglichst in alle Winde zu zerstreuen - nur dass es sich hier eben um eine ausgewachsene Kiefer handelte. Am anderen Morgen hatte der Sturm so viele Bäume umgeknickt, dass manche geteerte Straßen fast nicht mehr als solche zu erkennen waren, im Gegenteil sogar eher selten befahrenen Feldwegen ähnelten.

Dieses Unglück hatte die Fichte wohlbehalten überstanden, denn die Seite unseres Hauses, an der sie wuchs, war eben die richtige und relativ windgeschützte. Stattdessen entdeckte ich im Mai des folgenden Jahres bei einem Blick aus dem geöffneten Fenster eine Vielzahl von kleinen braunen, klebrigen Knospen an bestimmten Stellen der äußeren Zweige. Die leichten dünnen Hüllen erweckten den Eindruck, als würden sie von den dahinter sich neu entwickelnden grünen Trieben, deren Schutz sie am Anfang noch dienten, gleichsam vor sich hergeschoben, um sie dann irgendwann in den nächsten Tagen abzuwerfen und durch den warmen Wind in fern gelegene Gärten wehen zu lassen. Das neue Grünblau jedoch, im Inneren noch von eher gelblicher Färbung, zeigte sich dem aufmerksamen Betrachter in unendlich zarter Weise, bestehend aus harzig duftenden Härchen, welche sich am frühen Beginn ihres Lebens noch aneinander schmiegten, um sich so vor Vögeln und nächtlicher Kälte zu schützen.

Ein großes Loch, welches mein kleiner Sohn am Fuße des Baumes vor langer Zeit einmal gemeinsam mit Freunden gegraben hatte, sollte ursprünglich einmal ausgebaut werden zu einer prächtigen Höhle. In akuter Sorge um die Standfestigkeit der Blaufichte jedoch sah ich mich gezwungen, diesen Plan zu vereiteln. Eine Weile mühten und plagten sich die Freunde noch mit einer Art Umzäunung der auserkorenen Stätte, wobei sie ein morsches Gitter teilweise zerlegten, teilweise aber auch mit allerlei Grünzeug schmückten. Spätestens als das Grün jedoch in ein vertrocknetes Braun übergegangen war, verlor der naturgebundene Ort deutlich an Attraktivität, mit anderen Worten: Er verwilderte und wurde aufgegeben.

Nun standen in unserem Garten seit Jahren schon eine Reihe von ausgedienten Fahrzeugen aus den frühen

Kindertagen meines Sohnes, welche er schon lange nicht mehr benutzte, an denen er aus alter Gewohnheit aber auch zu sehr hing, als dass er sich jetzt schon hätte von ihnen trennen wollen. Eine Feuerwehr mit grauer ausfahrbarer Drehleiter inklusive einer Vorrichtung zum Wasserspritzen hätte grundsätzlich noch als intakt gelten können, wenn nicht der Schlauch durch die Witterungsbedingungen längst porös geworden wäre. In einem roten LKW mit grüner Ladefläche lagerten bereits mehrere Jahre alte Tannenzapfen, eventuell von unseren Eichhörnchen angesammelt, welche ohnehin alle Arten von Nüssen im Garten verstreuten, als wäre dort jemand mit einem Weihnachtsteller entlanggelaufen. Und bei einem kleineren Lastwagen mit rotem Führerhaus, blauem Fahrwerk und gelber Ladefläche handelte es sich ohne Zweifel um das betagteste Fahrzeug. Es existierten sogar noch alte Fotos, auf denen dieser Wagen mittels einer Kordel am Strand der französischen Normandie von meinem Sohn durch die seichten Wellen des salzigen Meerwassers gezogen wurde. Nun waren diese Tage lange vorüber und mit Sicherheit würde der kleine Lastwagen das Meer nie mehr wiedersehen. Dafür steigerte eine solche Vergangenheit aber seinen ideellen Wert in beträchtlicher Weise, wenn aufgrund seiner jungen Jahre auch nicht für den Sohn, so doch in sentimentaler Weise für dessen Vater.

    Diese Fahrzeuge sollten einmal - und ich zweifelte keine Sekunde daran, dass dieser Plan etwa nicht im Sinne ihres eigentlichen Besitzers sei - ihre letzte Ruhe finden unter unserer Blaufichte an der nordöstlichen Seite des Hauses. Und zwar in exakt jenem großen Loch, welches einmal eine Höhle werden sollte und welches inzwischen nahezu vergessen unter dem Baume lag. Dort sollten sie stehen, wenn endgültig niemand mehr Verwendung für sie haben würde.

    Der Zustand der drei Lastwagen unter einem Baum wie der Blaufichte hatte natürlich etwas Morbides, Ruhendes, gar von Spinnen und anderen Kleintieren Bewohntes, welches man ihnen nach meiner Überzeugung nicht mehr so leicht nehmen durfte. Die Fahrzeuge gingen gleichsam wieder über zur Natur. Oder man konnte auch sagen: Die Natur begann über die Jahre, sich ihrer nach und nach zu bemächtigen, bis sie eines Tages wieder zu Staub zerfallen sein würden. Bis dahin jedoch sollten sie stehen bleiben unter der Obhut der Blaufichte, welche sie sorgsam bewahren würde vor Hitze und Regen durch ihre Zweige sowie vor der Kälte des Winters durch die vertrockneten Nadeln, mit welchen sie ihre kleinen Schützlinge wie eine Mutter zärtlich zudeckte.

Die Taxifahrerin

Aus Einsamkeit schlenderte er ab und zu spätabends über die Fußgängerzone seiner kleinen Stadt, um hier und da einzukehren und ein Bier zu trinken, manchmal auch mehr als eins. Unten am Bahnhof betrachtete er dann immer die zahlreichen Taxis, deren Fahrer scheinbar nie etwas anderes zu tun hatten als dort herumzustehen und auf Fahrgäste zu warten, die nicht kommen wollten. Was für eine öde Tätigkeit tagaus, tagein!

Plötzlich sah er in einem der Wagen eine Frau am Steuer sitzen, die ziemlich hübsch war, so dass er sich sogleich Gedanken darüber machte, wie solch eine Frau mit solch einem Job klarkommen sollte. Schließlich musste es doch eine Menge von Fahrgästen geben, die sie, betrunken oder schlicht unverfroren, unterwegs ansprachen. Und wenn jeder dumme Spruch im Grunde schon eine Belästigung bedeutete, wie viele davon musste sie sich vermutlich bei ihrer Tätigkeit anhören?

Aber sie war hübsch. Und er war einsam. Daher freute er sich zunächst, als er sie beim nächsten abendlichen Rundgang wieder an derselben Stelle in ihrem Wagen auf Fahrgäste warten sah. Es hatte zu regnen begonnen und er nahm daher allen Mut zusammen und wartete entschlossen, bis genügend Taxis weggefahren waren, so dass sie mit ihrem Wagen ganz vorne in der wartenden Schlange stand. Also ging er zu ihr hin und fragte, ob sie frei sei.

„Natürlich", erwiderte sie sachlich reserviert und mit dem üblichen Schnellchek, den Menschen an sich haben, die für eine bestimmte Zeit relativ eng mit anderen, gänzlich unbekannten Leuten zusammen sein müssen. Dies war der Fall zum Beispiel in Ladenlokalen, in denen manchmal eben nur ein Kunde sich aufhielt, es betraf aber viel intensiver gemeinsame Autofahrten etwa in Taxis.

Mit den Worten „Wo soll es denn hingehen?" stellte die Dame gerade ihre Uhr an, damit die Kilometer gezählt werden konnten.

„Nehmen Sie inzwischen eigentlich Karten?", fragte er dagegen.

„Zum Bezahlen? Nein, ich noch nicht."

„Dann zahle ich bar."

„Und wohin darf ich Sie fahren?"

„Macht es ihnen etwas aus, wenn wir einfach nur ein wenig durch die Stadt fahren?"

Die Fahrerin stutzte. Ihr behagte die Situation nicht.

„Bitte verstehen Sie mich nicht falsch, ich habe einfach Lust, ein wenig herumzufahren, sonst nichts."

„Ich soll Sie in der Gegend herumfahren, durch die Stadt?"

„Ich weiß schon, dass das ein bisschen bescheuert klingt, aber es ist wirklich so. Ich habe Zeit und würde gerne nur so aus dem Fenster schauen, während Sie fahren, also eben dieses Auto fährt."

„Also wenn Sie das wollen. Dann fahre ich Sie eben einfach in der Gegend herum. Es ist aber keine Straßenbahn hier mit Dauerfahrkarte oder Pauschalpreis. Sie müssen das bezahlen."

„Ich *werde* es bezahlen, bitte machen Sie sich keine Sorgen deswegen, ja?"

„Nun ja", willigte die Fahrerin skeptisch ein, allerdings blieb ihr natürlich auch nichts anderes übrig, als diesem seltsamen Fahrgast zu glauben. Also fuhren sie einige Kilometer.

„Wie lange fahren Sie denn eigentlich schon, ich habe Sie früher nie gesehen?"

„Einige Jahre aber schon."

„Nun ja, im Grunde fahre ich auch gar nicht so häufig mit dem Taxi. Ich habe meinen eigenen Wagen."

„Und wo ist er heute, ihr eigener Wagen?" Sie schien seinen Worten nicht so recht Glauben zu schenken.

„Zu Hause. Es ist nicht so, dass ich dringend irgendwohin müsste, verstehen Sie?"

Sie gab per Funk einige Informationen durch, die er nicht alle verstand. So stellte er sich vor, dass sie vielleicht eine Art Code über den seltsamen Fahrgast bildeten. Ihn hätte das nicht gewundert. Die Situation war doch reichlich befremdlich für beide.

„Wissen Sie, es ist so. Ich habe im Augenblick Urlaub, also gibt es nicht viel zu tun und ich muss schon gar nicht morgens in der Frühe zur Arbeit. Ich habe sozusagen nichts zu tun, einfach so", sagte er müde lächelnd.

„Und da fahren Sie also Taxi."

„Ja, so ist es. Ich möchte einfach ein wenig durch die Gegend gefahren werden und mal hier, mal da hinschauen, aber nirgendwo bleiben. So wie die Zeit an einem vorüberzieht und auch niemals anhält. Die Zeit und das Leben. Aber ich möchte Sie nicht langweilen. Sie müssen sich sicherlich genug dummes Geschwätz anhören."

„Ja, muss ich wirklich. Aber das, was Sie gerade gesagt haben, würde ich nicht dazuzählen. Im Gegenteil, Sie haben sogar Recht, leider."

Wieder fuhren sie für eine Weile, ohne dass jemand etwas sagte. Dafür nahm er den leisen Duft ihres Parfüms wahr und das freute ihn.

„Sind Sie zufrieden mit Ihrem Beruf?", nahm sie nun ihrerseits das Gespräch wieder auf.

„Manchmal ist er unendlich nervig und kaum auszuhalten. Aber in der Regel arbeite ich gerne. Auch wenn es nicht modern ist, das so zu sehen."

„Ich finde es wichtig, dass einem sein Beruf Spaß macht. Ist auch gut für die Gesundheit."

„Oh ja, da vorne können Sie mich, wenn Sie wollen, rauslassen. Ich gehe dann noch ein paar Schritte."

„Wenn Sie wollen, natürlich", erwiderte sie lächelnd und fuhr rechts ran, so dass er seine Rechnung begleichen konnte. Obwohl sie sich freundlich voneinander verabschiedeten, wirkte sie ein wenig befreit darüber, ihren seltsamen Fahrgast los zu sein.

Ein unangenehmes Gefühl

Das unangenehme Gefühl in der rechten unteren Hälfte seines Bauches verstärkte sich von Woche zu Woche und wurde allmählich zu dem, was man als Schmerz bezeichnet. Er begann, sich daran zu gewöhnen wie an einen Menschen, den man nicht besonders mag, welchem man jedoch nicht ständig aus dem Weg gehen kann, weil man entweder irgendwie auf ihn angewiesen ist oder täglich mit ihm zusammenarbeitet. Dinge wie Menschen vermögen einen manchmal zu bedrücken, ohne dass man sich jedoch ihrer Anwesenheit erwehren kann. Zum Beispiel wachte er am Morgen auf, wenn die Dämmerung eben begonnen hatte und die Vögel schon sangen. Sein Schlaf war absolut wundervoll gewesen mit den schönsten Träumen seit langer Zeit. Dies war keinesfalls die Regel bei seiner zerrütteten Psyche, welche sich quasi sämtliche Belastungen nicht nur des vergangenen, sondern prophylaktisch auch gleich des bevorstehenden Tages aufbürdete, um sie des Nachts sorgsam gegeneinander abzuwägen. Also er erwachte hochzufrieden und wollte sich wirklich gut fühlen, als in einem zweiten Gedanken dieses Gefühl ihm erneut bewusst wurde. Dieser meistens recht sanfte Druck in der rechten Bauchhälfte unter den Rippen, jedoch über dem Blinddarm und zwar recht tief im Körper befindlich. Es war also wieder da, das Gefühl, und somit begann ebenfalls dieser neue Tag mit der unbestimmten Sorge, um nicht zu sagen Angst, dass da schließlich etwas sein, etwas gewachsen sein könnte in den letzten Jahren. Die Tatsache, dass seine Jugend längst dahin, er aber auch längst noch nicht alt war, vermochte nur wenig zu trösten, hörte er doch in letzter Zeit allzu häufig von Freunden und Bekannten, die in so manchen Fällen von durchaus heiklen Leiden ans Bett gefesselt wurden. Das konnte jedem geschehen, warum also nicht auch ihm?

Während eines Tages ist man in der Regel beschäftigt und somit abgelenkt. Dennoch verstärkte sich auch hier zunehmend dieses undefinierbare Gefühl, etwa beim Bücken nach einem zu Boden gefallenen Stift. Immer war es schließlich irgendwie da, immer begleitete es ihn. Da er kein Mensch war, der die Dinge auf die lange Bank schiebt, beschloss er somit, seinen Arzt zu konsultieren.

„Wie ist es hier? Und hier?", fragte dieser mit dem typisch prüfenden Blick des erfahrenen Mediziners, der jedes Mal durch seinen ganzen Körper zu dringen schien.

„Ist in Ordnung, Herr Doktor."

„Tut es denn hier weh?"

Nachdem die Ultraschall-Behandlung keine Ergebnisse zutage gefördert hatte, erhielt er eine Überweisung zum Internisten. Dieser nahm eine ganze Reihe von Untersuchungen an ihm vor, welche sämtlich sehr unangenehm waren und glücklicherweise unter Narkose durchgeführt wurden.

Schon bei früheren Erkrankungen, Operationen und damit verbundenen Krankenhausaufenthalten hatte er eine eher lustige Erfahrung gemacht: Narkose wirkte bei ihm niemals so intensiv wie bei anderen Patienten. Er erinnerte sich an Situationen etwa im Aufwachraum nach einer Operation, wo es anderen Patienten wirklich schlecht erging, während er sogleich nach dem Erwachen nichts anderes zu tun hatte als aufzustehen, zum Fenster zu gehen und schon mal nachzudenken, was denn wohl als Nächstes kommen könnte. Er wusste noch, dass einmal unmittelbar vor einem Eingriff er bereits im Operationssaal lag und eigentlich längst hätte weggeschlummert sein müssen. Die um ihn herum stehenden Ärzte begannen zu scherzen und schließlich sogar Fotos zu machen, weil einer von ihnen wohl seinen letzten Tag hatte oder so ähnlich. Da sollte er dann mit aufs Bild. Dass die Situation angesichts des bereitliegenden Skalpells für ihn weniger angenehm war,

war ihm unter der Beruhigungsspritze allerdings nicht mehr so bewusst.

    Dieses Erlebnis lag schon lange zurück. Nun war da aber etwas – vielleicht – wahrscheinlich. Das Ergebnis der Untersuchungen sollte ihm per Post zugestellt werden, spätestens in zehn Tagen. Es gäbe viel zu tun im Labor. Anschließend würden sie dann weitersehen, versuchte der Arzt ihn zu beruhigen. Dabei war jedoch sein Blick ziemlich ernst.

Im Kaufhaus

Den heutigen Tag hatte er ernsthaft auserkoren, um ein Kaufhaus aufzusuchen. Er benötigte nämlich mehr als dringend ein paar neue Hosen und wenn von ein paar die Rede war, dann bedeutete dies, dass, wenn er schon ins Kaufhaus ging, er am Ende fast grundsätzlich mehrere Hosen oder Hemden oder was auch immer an Kleidungsstücken zur Kasse trug, weil ihm nämlich nichts mehr zuwider war als sich um neue Bekleidung zu kümmern. Kleidung hatte im Schrank zu hängen und bei Bedarf nahm man dann eben die erste Hose von links oder das erste T-Shirt zuoberst vom Stapel weg. Das Leben bot interessantere Herausforderungen als das Organisieren von Bekleidung. Den Frauen mochte stundenlanges Herumwühlen in Modehäusern Freude bereiten und das sollte es ja auch, er aber zog es deutlich vor, sich mit anderen Dingen zu beschäftigen.

Sooft er zu Beginn des Tages in seine alten Hosen hineinstieg, musste er sich sogar schon ärgern, weil sie ihm beinahe von den Beinen fielen und der Beginn des Tages war mit Sicherheit nicht dazu da, um sich gleich zu ärgern. Eine Weile später lief er dann folgerichtig suchend durch die Etage für Herrenbekleidung des örtlichen Kaufhauses. Er lief suchend, aber völlig desinteressiert darüber nachsinnend, wie viel wertvolle Lebenszeit er wohl gerade wieder vergeudete.

Unter Umständen fiel dies einer Verkäuferin auf, welche ihn einigermaßen zielgerichtet in der gekonnt üblichen Formulierung ansprach: „Kann ich etwas für Sie tun?"

„Nun, ich benötige mal wieder eine neue Hose und, ehrlich gesagt, macht mir das Suchen nicht viel Freude", entgegnete er ein wenig verunsichert.

„Sieht man Ihnen an", schmunzelte amüsiert die Verkäuferin, welche jung und hübsch vor ihm stand. Eigentlich ein bisschen zu hübsch für eine normale

Kaufhausverkäuferin, befand er. Denn diese sahen in den riesigen, fensterlosen und klimatisierten Verkaufsräumen in der Regel den ganzen Tag die Sonne nicht und wirkten daher häufig blass, blutarm und, um dies zu kaschieren, übermäßig geschminkt. Diese hier sah allerdings nett aus und er hatte sogleich den eigentlichen Grund seines Kommens vergessen. Und während sie ihn sanft beim ursprünglichen Thema, einer neuen Hose nämlich, zu halten bemüht war, fragte er munter drauf los, ob sie regelmäßig hier bediene und was sie sonst noch so tue, weil er sich das bei ihr einfach nicht richtig vorstellen konnte, dass sie nur eine simple Verkäuferin sei.

„Nein, ich studiere eigentlich."
„Was denn wohl?"
„Betriebswirtschaftslehre – wieso fragen Sie?"
„Das bedeutet, Sie arbeiten nicht immer nur hier und werden dies Ihr ganzes Leben lang tun?"
„Oh nein, wo denken Sie hin? – Wie wäre es mit dieser Herrenhose?"
„Gut, wenn es meine Größe ist, probiere ich sie an und nehme sie, am besten gleich zwei davon – nicht weil sie mir so überaus gut gefällt, aber ich habe dann wieder ein paar Jahre Ruhe, verstehen Sie?"

Darüber musste sie natürlich lachen und dies nutzte er umgehend: „Wenn ich also tatsächlich in den nächsten Jahren nicht mehr herkomme, gibt es dann vielleicht eine andere Möglichkeit, Sie einmal woanders wiederzusehen?"

Ihre Antwort hatte freundlich, aber bestimmt gelautet und war nicht positiv gewesen. Vielleicht würden sie sich mal irgendwo wieder begegnen, dann wäre das in Ordnung, ansonsten wüsste sie nicht. Also ging er mit zwei neuen Hosen nach Hause oder besser: in die nächste Kneipe, um schnell ein Bier zu nehmen und die Lage zu überdenken, diese Absage zu verarbeiten, die es ja wohl gewesen war, sie einzuordnen in das große Ganze, welches sein Leben bedeutete oder hier nun wenigstens seinen Tag.

Immerhin besaß er nun aber zwei neue Hosen.

Die Seele des Regentropfens

Jeden Tag schien der Stau an der Straßenbaustelle zum neuen Kreisverkehr länger zu werden. An diesem Morgen jedoch kam noch lang anhaltender Regen hinzu, der sich kalt und grau über die Fenster des Wagens ergoss. Für den im Auto sitzenden Vater mit seinem kleinen Sohn wirkte es ganz so, als ob jemand das Wasser mit Händen in unbestimmtem Rhythmus gegen die Scheiben schmeißen würde. Dabei fließen die wässerigen Wellen naturgemäß zügig nach unten ab und geraten sogleich in Vergessenheit, denn es gibt Wichtigeres als Regen. Die einzelnen Tropfen erzeugen beim Aufschlagen ein monotones Trommeln, welches, etwa nach schlaflos durchwachter Nacht, gefährlich einschläfernd wirken kann.

Die Aufmerksamkeit der beiden Insassen wurde allerdings auf einen ganz bestimmten der Regentropfen gelenkt. Dieser nämlich suchte seinen Weg auf der breiten Frontscheibe des großen Autos keinesfalls zielstrebig in direkter Linie nach unten. Obwohl der Wagen sich in ruhender Stellung befand, vollzog der Tropfen nach relativ kurzer Strecke eine deutliche Richtungsänderung nach unten links, wofür es keinerlei logische Erklärung gab, nicht die der Schwerkraft noch der Beeinflussung durch Wind, denn es wehte kein Wind. Da aber doch alles irgendwie einen Sinn ergibt, konnte der Tropfen nur selbst eine Intention haben. Und so, beharrte der Junge, müsse er also schlichtweg ein eigenes Wesen besitzen, welches gleichsam seine Seele sei, die Seele des Regentropfens eben. Und als solcher suche er sich eben seinen eigenen Weg.

Unterdessen wirkte das monotone Trommeln gefährlich einschläfernd.

Der Brief

Sie sah wirklich sehr hübsch aus mit ihren langen braunen Haaren, die ihren Rücken hinunter fast bis zum Po reichten. Dazu trug sie bevorzugt eine enge verwaschene Jeans und einen Wollpullover, denn so war es damals gerade Mode. Ihr Lachen war noch ganz kindlich und unbefangen.

Also lernten sie sich kennen und verabredeten sich öfter. Einmal fuhren sie mit dem Zug gemeinsam über die Grenze nach Holland und saßen dort an einem sonnigen Oktobertag am Ufer der Maas in all ihrer unbekümmerten gegenseitigen Zuneigung. Anschließend besuchten sie einen Coffeeshop und hatten auch dort eine schöne Zeit.

Schon bald aber entfremdeten sie sich einander. Er verstand nicht und schrieb ihr seinen längsten Brief, der all seine Sorgen und Nöte enthielt. Jahre später erst begegnete er ihr unter vielen anderen Menschen und mit einem spießig wirkenden Begleiter, den sie ihm kurz vorstellte. Anschließend wartete er ruhig im Hintergrund auf sie. Dieser Begleiter schien ihr Freund zu sein.

Vorsichtig fragte er sie, ob sie eigentlich seinen Brief noch besäße.

„Wieso? Willst du ihn zurückhaben?"

„Oh nein. Ich möchte nur nicht, dass du ihn vielleicht wegwirfst."

„Das tue ich nicht. Es ist doch immer nett zu sehen, wenn einer einen mal so gern gehabt hat."

So antwortete sie. Ihm war, als hätte sie damals nicht verstanden. Sehr viel gab es dann auch nicht mehr zu sagen zwischen ihnen. Stattdessen fragte er sich, warum er eigentlich einmal so verliebt in sie gewesen war.

Im Hintergrund wartete ruhig ihr spießiger Begleiter.

Gespräch zwischen zwei Bekannten

„Du dauerst mir zu lange", sagte der Schlaf zum Tod.
„Ist das nicht eine Sache der Verhältnismäßigkeit?", antwortete gelassen der Tod.
„Aber ich möchte etwas erleben, möchte träumen von Mädchen, die ich einst gekannt, von dem lieben Kinde, das ich einst gewesen bin oder auch nur von einer einzigen schönen Melodie."
So wollte der Schlaf auf seinem Vorhaben bestehen, allerdings war sich der Tod seiner Allmacht bewusst. Und so antwortete er freundlich, aber bestimmt.
„Eines Tages, vielleicht schon bald werden diese Dinge keinen Wert mehr besitzen. Dann wirst du sogar gezwungen sein, dich mir anzuvertrauen, lieber Schlaf. Ehrlich gesagt, bleibt dir keine Wahl. Aber nur Mut. Vielleicht lernst du dadurch ja gänzlich neue Welten kennen. Man muss nicht religiös oder abergläubisch sein - was ohnehin dasselbe ist -, um zu erkennen, dass die Menschen immerhin vieles nicht wissen. Und wenn es ein anderes Leben irgendwo in einer fremden Welt gibt. Bist du nicht neugierig darauf? Willst du es nicht wenigstens versuchen?"
Der Schlaf nahm sich vor, zumindest darüber nachzudenken. Aber in seinem Bauch blieb ein flaumiges Gefühl.

Inhalt

Toni mitten im Leben 3
  Eine Taxifahrt 3
  Zweite Geburt 5
  Ausbildung der Persönlichkeit 6
  Julian 11
  Schulzeit 14
  Konflikte und Frustrationen 17
  Jugend und Arbeit 20
  Halluzinationen und Realitäten 23
  Saus und Braus 27
Der Obstverkäufer auf Kreta 29
Kurze Freundschaft mit einer Libelle 31
Ende eines Sommertages 33
Sein bester Freund 34
Die alte Dame und das Müllauto 36
Saras Reise 38
Der alte Kaktus und sein erster Regen 41
Ein Sommer 53
Das schwarze Haus 56
Das Moselgrab 57
Hüsseins Familienglück 59
Späte Genugtuung 60
Robbies Gedanken 62
Der Weg durch die Felder 66

Stimmenzauber	68
Dreizehn Kühe in fünfunddreißig Jahren	70
Kleiner Sperling	71
Ein Fahrrad gegen die Zeit	73
Meine Stadt	78
Was bleibt?	79
Abschied von meinem Vater	81
Erste Liebe	86
Neighbours	96
Im Garten	98
Was mich beruhigt	100
Befehl ist Befehl	104
Tod eines Baumes	109
Engels Hans	111
Eine Eisenbahnfahrt	129
Annäherung an eine Spinne	133
Carpe diem	137
Das alte Sofa	140
Die Blaufichte	141
Die Taxifahrerin	147
Ein unangenehmes Gefühl	151
Im Kaufhaus	154
Die Seele des Regentropfens	157
Der Brief	158
Gespräch zwischen zwei Bekannten	159

Kurzbiographie:

Gunnar Lou Schmitt wurde 1959 in Bonn geboren und studierte Geschichte und Philosophie, um anschließend seinen eigenen Musikladen zu eröffnen. Heute unterrichtet er als Lehrer und widmet sich ansonsten der Literatur und der Musik. Bisher veröffentlicht wurden die Erzählung „Toni mitten im Leben" und Gedichte in der Frankfurter Bibliothek, der Bibliothek Deutschsprachiger Gedichte sowie in der Literareon Lyrik-Bibliothek. Sein erster Roman mit dem Titel „Blues ist unheilbar" erschien in erster Auflage 2007, im Jahre 2009 folgte „Der Nachtfalter und der Taugenichts".
Bei „Die Seele des Regentropfens", erschienen 2014, handelt es sich um ausgewählte Prosatexte.